ペーパー・バック 1

一穂ミチ

JN267285

幻冬舎ルチル文庫

CONTENTS ✦目次✦

ペーパー・バック 1

a scenery like you …… 5
HAVING YOU …… 73
ワンダーフォーゲル …… 129
you belong to me …… 187
その他掌編 …… 275
あたらしい陣地 …… 337
キャロル(あとがきにかえて) …… 381

✦カバーデザイン＝久保宏夏(omochi design)
✦ブックデザイン＝まるか工房

イラスト・青石ももこ✦

a scenery like you

[a scenery like you]

author's comment

新聞社で初めて出した同人誌です。
「続きは香港で」のくだりは、二巻に収録予定の短編に載っております。
ややこしくてすみません……。

うれしくってだきあうよ

香港《ホンコン》に降り立つと、暖かさで一気に身体《からだ》がゆるむのが分かった。機内の、ぴりぴり乾燥した空調とは全然違う。全身が水で戻されたようにほっとしている。

「帰ってきたって感じ」

入国手続きの長い列に並びながら圭輔《けいすけ》もそんなことを言った。

「今まで帰ってたんですよ」

「そうなんだけど」

「しかも実家だったのに」

「育った家とは違うからなー、実家って言われてもぴんとこない」

「そういうものですか」

「うん。うちの夢見るときって、今でも子どものころ住んでたほうの、大阪の家だから。思い出の含有量で決まるんじゃないかな。一束《いっか》は違う？」

「どうだろう……あんまりはっきりした夢って見ないかな。でも、今住んでる自分の部屋がいちばん落ち着くし、気に入ってます」

日本に戻って、両親の健在を確かめると懐かしいし安堵《あんど》もする。でもやっぱり親の家は親の家、自分の家は自分の家。

「そっか。一束らしいな」

圭輔は「あのせせこましいアパートのどこが?」なんて言わずに笑う。一束がお城に住んでいようが段ボールに住んでいようが変わらないだろう。人を尊重する、ということを理屈や建前じゃなく実践できるからだ。こういうこまごましたところで、優しい人なんだなと思う。その優しい人、を嫉妬で悩ませてしまったことは申し訳なくて、ほんのすこし嬉《うれ》しい。秘密だけど。

「『There's no place like home.』」

圭輔が突然横文字をつぶやいた。

「何ですか?」

「『オズの魔法使い』で、ドロシーが帰る時の呪文《じゅもん》」

おうちがいちばん。

「深いですね」

「そうかあ?　おふくろみたいなこと言うなって思ってた」

「お母さん?　どうして?」

「どこ行ったって、家に着いて茶飲んだ途端『やっぱ自分ちがいちばんやわあ』だから」

「それはまた違うんじゃないですか」

一束は笑った。その笑顔がエアポートエクスプレスの車窓に映り込んでいる。こんな顔してたっけ、と二度見しそうなぐらい楽しげだった。ガラスの中で圭輔と目が合うと急に気恥ずかしくなってうつむいてしまう。香港の駅までは三十分とかからない。そこから圭輔は歩いて帰り、一束は中環《セントラル》から荃灣線《チュンワンライン》に乗り換えて尖沙咀《チムサーチョイ》まで。二駅の距離、いつでも会えるし、職場でも顔を合わせる。

でも、馬鹿みたいだけど知らなかった。

同じ場所に行って違うところへ帰るのがこんなにもの寂しいだなんて。圭輔はいつもどおりからっとした風情で、特にそんな感傷はなさそうだった。

続きは香港で、と一束が言ったことに頓着するふうもない。きょうこの後すぐぐって考えてたわけじゃないけど。

こういうの久しぶりだな。列車は海沿いを走る。東涌《トンチュン》から昂坪《ゴンピン》に続く長いケーブルカーのラインが昼間ならよく見えるはずだった。湾岸に林立する高層マンションの灯《あか》りが無数の点描に見えている。

自分が相手のことを思う時、相手にもそうあってほしいなんて考えなかった。他人の心をどうこうしたいと望むだけ無駄だと。何人かつき合った女の子にもそうだったし、佐伯《さえき》は、いつでも一束以外のことが頭の大半を占めている冷淡さにこそ惹《ひ》かれた。

好きと言われても、好きじゃないと言われても、言葉の額面以上を斟酌《しんしゃく》しなかった。どれぐらい好き？　とか、どんなふうに好き？　とか。

疲れたのだ。短い、十五の春から夏にかけて、圭輔のことばかりを考えて。空き教室でかけられた何気ない言葉を後生大事に持ち帰り、どういう意味だったのかなと反すうする。自分の態度が圭輔をがっかりさせやしなかったかと反省する。そして、ひとりで、頭の中だけで展開されているすべてが急に空《むな》しくなる。その繰り返し。教室を一歩出れば圭輔は一束のことなんて思い出しもしないのに、と。圭輔は打ち込む目標も、友達も、恋人も持っていた。でも一束には本当に、圭輔しかいなかった。当時の寂しさや焦燥やいとしさが急にリアルによみがえってくる。

色々、色々なことがあっても、結局本気で好きになったのはこの人しかいなかったんだな、と思った。というか気づいた。都合がよすぎて言えないけれど。

青衣《チンイー》に着くと、若い男がけたたましく話しながら乗り込んできた。連れはいない。携帯をイヤホンマイクにつないで会話しているのだ。あちこちで同じような音量のおしゃべりが展開されているので悪目立ちはしない。

「あー香港だなって感じ」

「日本の電車って静かですよね」

「ラッシュ時はそれどころじゃないから黙ってるけど。でも皆携帯弄《いじ》ったり音楽聴いたり、自分だけの世界にいるし……俺はこっちのが好きだな」

「そうですか？」

「うん。それでいて、飲食禁止とかは厳しかったりするじゃん。ギャップが面白い」

圭輔が香港を好きだと言ってくれると、一束は何だかほっとする。まあ圭輔は、どんな土地に行こうと楽しみや喜びを見出《みいだ》して、くさらずにやっていくタイプだけど。

「……香港って、いい名前」

圭輔が言った。

「香る港って、きれいだ」

「シンガポールだって星の港ですよ」

「当て字だろ？　本来は『新嘉城』とかじゃなかったっけ」

「はい。『新』も『星』も同じ読みなので」

「香港は何で香港っていうの？」

「諸説あるみたいですけど……香木の原産地だったからっていうのが有力みたいです」

「なるほどー。日本で最初に香木が見つかったのって淡路島《あわじしま》らしいんだけど、ひょっとしたら香港から流れてきたのかな」

「そうなんですか？」

「うん。それで、奈良の東大寺《とうだいじ》にすごい香木があって、織田信長《おだのぶなが》が愛用したとかいう……何だったっけ。今は香港で香木採れないよな？」

「明《みん》時代の話ですから」

「そっか。今、沈香《じんこう》っていうの？　インドネシアで採れるんだって。でも森林破壊とかが進んじゃって絶滅する運命だって聞いたことあるな」

消えゆく香り。そうか、かたちのないものも滅びるのだ。青衣から九龍《ガウロン》へ、ぐるりと海岸を回り込めば次はもう香港だった。

こんなに近いなんて、と文句を言いたくなる。せめて関空《かんくう》ぐらい遠ければ。

自分から誘えばいい、とは分かっている。先輩の部屋に寄らせてもらってもいいですか？　返事を含めて十秒ですむ話。思えばいつも、大事な局面では圭輔のほうからちゃんとアクションを起こしてくれたし。

いいんだよ、つき合ってるんだから言っても。何で今さらこんなことに勇気がいるんだ。けれどどうしても言葉が出ない。断られるかも、断られたら傷つくかも。そこにどんな真っ当な理由があったにせよ。些細なアプローチでまごついているのを悟られるのも怖くて恥ずかしい。

はっきり確かめたわけじゃないけど、圭輔が好きになってくれたのは、たぶんマイペースで淡々とした自分。そこを最初に面白がって近づいてきたからにはそうだと思う。なのでそういう「一束像」からずれるのが怖くもある。大阪でのようすを振り返るに、時々は愛想のいいところも嬉しいみたいだけれど。無理したって長続きしっこないのに、と自嘲《じちょう》ぎみに思ってから、長続き、の期間を想像してみる。実は半年以上続いた相手が佐伯しかいなかった。

一年？　二年？　三年？　圭輔が異動で日本に戻るか、あるいは別の海外支局に行くことになったら？　今までなら、その時はその時、と思えた。一緒にいても駄目になる時は駄目になるものだし、後から振り返ってそれなりにでも楽しければじゅうぶんだ、と。今となってはそんなふうに割り切れていた自分が分からない。

もし――もし、圭輔とまた別れてしまったら、何のために再会したんだろうとぽっかり腑《ふ》抜《ぬ》けになってしまう自信がある。

きりのない想像で心をくもらせる無為なんて、まったくばかばかしいと思っていたはずだったのに。

「一束？　疲れた？」

ほら、もう香港に着いてしまった。圭輔が心配そうに覗《のぞ》き込んでくる。

「いえ……先輩はここからタクシーですか？」

ついつい、いらない質問をしてしまう。ここで解散するのが前提みたいな。

「うん。一束は？　地下鉄？」

「乗り場すぐそこなんで、フェリーで帰ります。夜のフェリー好きなんです」

香港島のネオンがゆっくり遠ざかり、対岸になっていく過程が。ヴィクトリア・ピークから見下ろす眺めは「ああ夜景だな」ぐらいにしか感じないのに、海から見ると何十回目でも変わらず、儚《はかな》く胸が締めつけられる。近いからだろうか。灯りの中で、下で、忙しく生きている人間の呼吸まで伝わってくる気がするからだろうか。そしてフェリーから香港を見る時、いつもふっと、知らない場所にひとりぼっちでいるような錯覚に陥る。サムスンやエプソンの看板も、九龍側の時計台も、見飽きるほど見てきたはずなのに。そしてその心細さは、ふしぎと悪くはない。でもそういうことをゆっくり話す時間が今はない。

圭輔は「船で行き来できるって優雅でぜいたくな感じだよな」と屈託なく頷《うなず》いた。ああこの顔が好きだ、とぎゅっと握られた心臓から天気雨のような恋が滴《したた》り落ちた。この顔が好き。首も肩も腕も手も。もっと見ていたい。声を聞きたい。ほかの誰もいないところで。ずっと。

誰かを、自分のものにするって一体どういうことだろう。セックスすること？　結婚すること？　――だったら一束には不可能なのだけれど。圭輔がほかの人間に目もくれず二十四時間一束で頭をいっぱいにしてくれること？　たぶんそれじゃ意味がない。色んなものを見、色んなことに目を輝かせる圭輔にこそ惹かれたのだから。

――とっくに俺のものになってたはずなのにって。

あの時圭輔は、ストレートに独占欲を言い表したに過ぎないのだろうけれど、訊《き》いてみたくなる。

俺が先輩のものになるっていうのは、先輩にとってはどういう状態を指すんですか。

すこし前を歩いていた圭輔が振り返る。あまりのタイミングにぎょっとして目を逸《そ》らすと天井から下がる「的士《タクシー》」の看板が目に入った。ああ、乗り場が近いのか。

「お世話になりました」

一束は頭を下げる。根性なし、と自分を罵《ののし》りつつ、でもあしたもあさってても近くにはいるんだから、と言い訳もして。

「ご家族の方によろしくお伝えください」

「一束」

堅苦しい口上を遮るように圭輔が一束の手を取った。

「……はい」

急にまじめな顔つきだ。ひょっとして忘れ物でもしたんだろうか。こっちまで緊張してしまって「どうしたんですか」の一言が出てこない。

まだ構内だから空調は効いているはずなのに、圭輔の手がみるみる汗ばんでいくのが分かった。

「あの」

「……我可唔可以聊你《ウォホムホイーユーネイ》？」

「――……は？」

「あれ、通じないか……発音悪かった？」

「いえ、分かりますけど……」

ちょっと遊ばない？　と圭輔は言ったのだ。

はらはらした面持《おもも》ちと湿った手のひらと一束の手を握る強さと、で、その意図を理解すると吹き出してしまう。

「笑うなよ」

「溝女《カウノイ》（ナンパ）？」

いや、この場合は「溝男《カウナン》」か。

「……一応、そのつもり」

まいった、と一束は思った。そうきたか。きっと圭輔には一生かなわない。一生、心のどこかでは片思いのままだろう。それが嬉しい。

「何であえて広東語《カントン》で？」

「いやここ香港だし……何か日本語で切り出すの緊張して、ひとりでゆっくりしたいかもって思ったし……ああもういいや、忘れて。何か恥ずかしい」

一束がくすくす笑うのを、圭輔は別の意味に受け取ったらしい。

ちょっと怒ったような顔で離した手を、今度は一束が握った。圭輔が聞き取れるようにゆっくりしゃべる。

TAXI

「你想帯我去邊到《ネイシャンタイウォホイピンドウ》（どこに連れてってくれる）？」

ちゃんと意味を理解したようだった。必死で頭を回転させているのが手に取るように分かる。

「えー……你想唔想同我喝杯珈琲丫《ネイシャンムシャントンウォヤンブーガーフェイア》（コーヒーを飲みに来ない）？　聽朝我可以幫你煮早餐《ティンチーウォホイポウネイチーツォウサン》（あしたは朝めしを作ってあげられるかも）」

たどたどしく言葉を探しながら、圭輔は耳まで赤くなっていた。一束は「得《ダク》（いいよ）」と頷く。ふしぎなもので、広東語でなら何でも言えるような気がした。

「……因為你好特別《ヤンワイネイホウダッピ》」

あなたは特別な人だから、と。


タクシーに連れ立って乗り込むと、一束はおもむろに「で」と言った。

「ナンパの言葉なんて誰に習ったんですか？」

「一束の友達。鳥羽《ニウジー》はこんなこと教えてくれないだろって」

あいつら。数人の悪友の顔ぶれを思い浮かべてため息をつく。誰とでもすぐ仲良くなれるところも、それでやきもきさせられるところも含めて好きだけど。

「あんまり真に受けて学習しないでください。変な言葉覚えさせられて恥かくのは先輩ですよ」

「いやー、大丈夫だろ」

「大丈夫だろって何が？」

かばんの陰に隠れて、圭輔の手の甲をつねる。

「いたっ！」

「すでに実地で試してるとか？」

「してないしてないしてません！」

「どうだか……」

「何だよ、俺はそんなに信用がないの？」

「ガールズバー」

「だーかーらー！」

誘惑より、単純な好奇心に負けるタイプだから読めないのだ。行ったことのない場所には行きたがるし、見たことのないものは見たがる。

「……まあいいですけど」

「だからやってないってば！」

車は、「雑踏」という表現がふさわしすぎる街並みを抜け、中環の上り坂にさしかかる。そっと後部座席の上で指を絡めた。

真新しいベッドのほかはほとんど見覚えある室内の調度、配置、でもふしぎなほど「前にも来た」感じがしなかった。現金さに呆《あき》れる気持ちも、衣服と一緒に脱ぎ捨てる。照明を落とした寝室で、圭輔の肌《はだ》はほのかに明るんで見えた。圭輔自身の、素直で優しい魂の灯りに内側から照らされているように思えて張りのある肩にそっと手を遊ばせる。

「……どした？」

「先輩の身体、いいなと思って」

「何だそれ」

本人は思ってもみないというふうに目を丸くしたが、誰だって嬉しいと思う。こんな肉体と抱き合えるのは。実直に鍛えられているのに、酷使や浪費と無縁の新鮮さでみなぎっていて、噛《か》んだらきれいな水がほとばしりそうだ。

広い肩としなやかに長い腕と、それらを継ぎ目なく形成する密な筋肉。

「昔っから思ってた。先輩の身体はきれいだ。……自分と比べてどうこうっていうんじゃなくて」

「俺は、」

圭輔がそっと手の甲にくちづける。

「一束を裸にして、触りたいって思ってた。高校の時から。一束はそういうテンションじゃないって知ってても、ずっと」

「そういうって、具体的には？」

「俺の頭の中では、最初『やめてください』って泣いていやがってるんだけど、色々触るうちに『もっとして』って言ってくれる」

オーソドックス、かつあっけらかんとした妄想が、実に圭輔らしいと思った。

「却《かえ》って健全な感じですね」

「いや、まだ言えないパートもあるけど……一束はそんなふうに考えなかっただろ？」

「よく分からなかったんです」

性欲のありようも、その処し方も。

「セックスとか……全然ぴんとこなかった」

「自分でもしなかった？」

訊いてから圭輔は「こういうのけっこう燃えるな……」と真顔で顔を覗き込んできた。きゅっと鼻をつまんでやる。

「いて」

「そりゃしましたけど、誰かとの行為なんて想像できないです」

「だよな。……まだ全然幼いお前にちょっかい出すことばっか考えて、むらむらして、俺最低だなって何度もへこんで、また性懲りもなくむらむらして……」

つらかったなあ、と言葉とは裏腹にどこかのんきにつぶやく。十代の焦躁からは遠ざかったせいだろうか。

「夏服になってもガード固いしさ」

「だって」

「うん」

触れるだけのキスを落として「あのころの俺に教えてやりたい」と一束の素肌をあちこち吸い上げた。

「十三年待てってって？」

「駄目だな、気が狂う」

「大げさな――」

一束の苦笑は圭輔の静かな瞳に圧《お》されて止まる。

「……ほんとだよ」

鼓動のあからさまな胸に舌を這《は》わされた。

「あっ……」

目立たなかった尖《とが》りは反射のようにすぐさま硬く立ち上がってみせて、一束の期待をあらわにする。生温かい感触を求めている。

「ん、あぁ……っ」

きつく吸引した口内でねろねろ舐《な》め回されれば快感の種を抱いて丸く膨らむ。指先で弾《はじ》かれるとその主張のしようが自分で分かって恥ずかしい。

両方の乳首をてらてら湿らせた唇《くちびる》がゆっくりと浅い腹を辿《たど》ってその下で止まる。

「あ、いやっ……や、」

最初は裏側のいびつな線に沿って、それから興奮を蓄えた全体を口腔の粘膜で覆う。ひたりと容赦のない性感に全身の血が集中した。

「あ——あぁ、あっ」

性器もたっぷり濡《ぬ》らすとすりつけるように指の輪で扱《しご》き、ぴくんと跳ねてしなる昂《たかぶ》りをまた口淫《こういん》にさらす。手と口で交互に施される感覚に先端の喫水部からすぐ粘液がこぼれ出してきた。

「あっ、や、いや……！」

苦みを分泌する場所を、三角に尖った舌先が執拗《しつよう》にこじあけようとする。

「やぁ、そんなとこ、入んない、から……っ」

制止を無視して圭輔はやわらかな異物をねじ込む。体表と体内の狭間《はざま》を弄られるとぞわぞわ下肢《かし》が浮き、けれどすぐさま尾てい骨をくすぐられて腰《こし》が砕ける。

「やっあ……、あ、先輩……っ」

はしたなくぬるみを垂らす場所を浅く抉《えぐ》られ、くびれから下は手のひらでこすられて身ぶるいとともに達した。

「ん、あっ！」

ジェルをまとった指に後ろをまさぐられ、でもそんなものを塗っていなくても受け容《い》れてしまえそうに、一束のそこはもうずいぶん柔軟になっていた。奥まで差し込まれた根元を確かめるようにきゅうっと際《きわ》が締まる。

何でこんなに、と思うぐらい気持ちよくて、潤滑剤がたちまちぐずぐずに潤みとろける。一束自身の作用で濡らしたようにやわらかな肉は圭輔が指を出し入れするたびはしたない音を立てた。

「あ、や、ああ――っ、あ、あっ……！」

「……一束、ここ好き？」

「ああっ！」

体内の、発情につながるところを指の腹でぐっと押されて、性器にじかに電気を流されたみたいに一瞬まなうらが真っ白になる。

「触ってると、腫れたみたいな感じになってきて――……めちゃめちゃ興奮する」

「やっ……やっ、あ、」

「もっとこすっても大丈夫？」

一束は必死でかぶりを振る。目じりからぽろりとしずくが流れ落ちた感触で、自分が泣いているのに気づいた。感じすぎて。

「いやっ……」

「何で？」

「せ、先輩ので、こすって……」

ねだった瞬間、むちゃくちゃにキスされた。舌の裏を探られて、下肢の奥を熱くて硬いもので徐々に探られて、身体じゅうでつながってしまうと、互いの肌の境界も見失いそうだった。

「んんっ……ふ、ん――」

ひらかされた潤みをくまなく埋める欲望の感触。圭輔の熱、圭輔の膚《はだ》、圭輔の、圭輔の。全部呑み込まされたのに、そのさらに先を知りたがって密着したまま腰を打ちつけられた。

「やっ、あぁ、ん……！」

性感はずくんと鈍く低く、強く響いた。

「あっ、あ、あ――」

啜《すす》り上げるようにまとわりつく内壁からゆっくりと硬直が退いていって、一束は思わず「だめ」と叫んだ。

「抜いちゃだめ、まだ、いや」

忘我は一瞬で、呆気《あっけ》にとられた表情の圭輔に気づけばすぐ自分の発言を理解して猛烈な羞恥《しゅうち》に駆られた。

「……すいません」

「何で」

枕に頬を押しつけて目を背けると、耳に息を吹き込みながら圭輔は「抜かないよ」とささやいた。

「……こんな気持ちいいのに」

先端だけを含ませたところで止まると、今度は「挿《い》れるよ」と一気に侵入してきた。

「ああっ、やぁ、ああ……！」

精液がぴゅくぴゅく小刻みに噴き出して止まらない。一瞬のめまいで終わるはずの絶頂が飴のように引き伸ばされる感覚に頭の中でいくつもの泡が弾けた。

「あ、あ、あ」

「一束。いつか」

圭輔の腰の後ろに両手をぴったりあてがい、いいところにあたる動きを自ら求める。

「……こう?」

「あっ、や、あぁ、気持ち、いい……っ」

「うん、俺も」

たどたどしい誘導を振り切って激しく前後してくる。幾度もこすられて熟れた粘膜は疼《うず》きにかきむしられたいほどだった。

「あぁ、あ、先輩、あ、ああ……っ」

「いつか、っ」

耳元で圭輔が「う」とちいさく呻《うめ》いた。同時に、おびただしい熱が身体の中であふれて、一束の情欲を押し流すようにもう一度、深くいかせる。


目を覚ますと、遮光じゃないカーテン越しに部屋はうっすらとした朝の光に満たされていた。部屋全体が淡いはちみつ色のフィルターをかけたみたいだ。

頭の向きを変えるだけでそこには圭輔がいる。こんなふうに抱き合ったまま朝までを過ごすのは初めてだった。すごい、起きたら先輩がいた。

つぶやきたくなる。

There's no place like home.

おうちがいちばん、帰りましょう。

おとぎ話みたいに、かかとを鳴らさなくても。

きっともうすぐ目を覚ます。その笑顔が、その声が、一束の帰るところ。いちばんのところ。

「……早晨《ツォウサン》（おはよう）」

嬉しくて、もう一度抱き合う。

brother sun, sister moon

本来その夜は、四人でレストランに行くはずだった。一束と圭輔と美蘭《メイラン》と、それから圭輔の元同期、という男。明光《めいこう》を辞め、次の会社に行くまでの間、有休消化で海外をあちこち回っているという優雅なモラトリアム期間らしい。きのうから香港にいるので一緒に食事でも、という予定だったのだが、待ち合わせのレストランに現れたのは圭輔と美蘭だけだった。

「……もうひとりいらっしゃるんじゃなかったんですか」

一束が尋ねると、圭輔は苦笑いして「キャンセル」と軽く手を振った。その隣では美蘭がむくれきった顔で腕組みしている。

「ほんとにやなやつだったんだから！」

ディナーが始まっても美蘭の機嫌はなかなか直らない。彼女のお目当てだった、牡蠣《かき》のポートワイン焼きが本日品切れだったことも拍車をかけているのかもしれない。

「そんなに言うなよ」

「言うなよじゃないわよ、あなた腹が立たないわけ？　自分が馬鹿にされてるのよ？」

「うーん……」

　圭輔の鈍い反応を美蘭は「男らしくない！」と批判する。

「らしくないって言われてもなあ」

「一体何があったんですか」

　美蘭の話によると、新聞社から携帯コンテンツ事業会社へと転身した件《くだん》の元同僚は、新しく勤める会社の待遇がいかにいいか、業績がどれほど昇り調子であるかを支局でたっぷりと語って彼女をいらいらさせたのだそうだ。

　新聞なんて化石みたいなメディア先が知れてる、お前も泥船から脱出するなら早いほうがいい、と圭輔にしたり顔で諭してさえみせたが、圭輔はべつだん気を悪くするふうもなくうんうんと話を聞いていたらしい。

「何であそこまで言われてにこにこしてられるの？」

「別に波風立てる必要はないだろ。もうこれっきり会わないかもしんないんだし。ちょっとテンション上がってただけだよ、海外旅行と新しい会社にさ。働き出したらどんな職場でも不満は出てくるんだから」

「君と気が合うじゃない」

と一束は言った。

「香港ピープルはステップアップと儲《もう》け話が大好きなんだから」

「一緒にしないでよ」

「大して違わないと思うけど」

こっちに来た日本人の大概がぎょっとするのが、香港の人間が至ってざっくばらんに給料や年収の質問をしてくることだ。金のある側がない側におごったりするうえで必要な情報収集だったりもするのだけれど、抵抗を感じる気持ちは分かる。

一束は慣れたので訊かれれば話すが、打ち明けた知人から数カ月後に「あれから出世したので今の俺はお前より収入がいい」と誇らしげに報告された経験がある。それで腹を立てたり負けじと仕事を詰め込むかといえばその手の競争心が欠けているのでひたすらそのバイタリティに感心したのみだ。今でも普通に交流は続いている。

香港が肌に合わない日本人は人々の強烈な競争心にくたびれるケースが多く、土地に同化しないまま大したストレスもなく気楽に暮らしている一束はすこし特殊なのかもしれなかった。

「で、その人は、美蘭にいじめられたからここに来なかったんですか」

「そうなんだよ」

「いい加減なこと言わないで！」

「いやそうだろ」

　圭輔が笑いを噛み殺す。

「そいつがさ、美蘭に声かけたんだよ。夜、どっか遊べるとこ連れてってくれない？　って。そしたら美蘭がものすごい早口の英語でまくしたてるもんだから。当然向こう聞き取れないじゃん。広東語と北京語《ペキン》とフランス語で同じことやって、最後に笑顔で『ずいぶんお口が達者だから日本語しか話せないとは分からなかったわ、ごめんなさい』だもん。そりゃ尻尾《しっぽ》巻いて逃げるに決まってる」

「海外でナンパしようなんて百年早いのよ」

「馬鹿なことして……」

「何よ一束」

「結果的に君がいちばん先輩の顔をつぶしてる」

「辞めた人ならどうでもいいじゃないの。まさかあんな人と友達づき合い続けたかったわけじゃないでしょう？」

「悪いやつじゃないよ。かわいい女の子の前でちょっと見栄《みえ》張って仕事の自慢するぐらい、いいじゃん」

「お世辞は結構」

「ほんとだって」

圭輔が手洗いに立つと美蘭は「弓削《ゆげ》さんってちょっとおっとりしすぎじゃない？」と耳打ちした。

「お坊ちゃん育ちなのかしら」

「君が過剰に攻撃的なんだよ」

誰よりもお嬢さま育ちのくせに。

「そんなことありません。だって私、あの人が怒ったりむっとしたりするの、見たことないもの」

それは一束もお目にかかっていないかもしれない。

「日本じゃ懐が深いとか広いって言うんだよ」

「知ってる」

美蘭は赤ワインをひとくち飲んで「『欲目』とか『惚《ほ》れた弱み』って言葉もね」と一束を黙らせた。

「俺って、そんな頼りなく見えるのかな？」

マンションに帰ってから、圭輔が真顔で尋ねた。

「どうしてですか」

「いや、美蘭にしてみりゃあさ、俺が失礼なこと言われてんのにへらへらしてるって腹に据えかねたんだと思うから。何か両方に悪いことしちゃったな」

「頼りないとは思いませんけど」

同じ状況なら、一束も黙って拝聴していると思う。だけどそれは面倒ゆえに聞き流すだけで、圭輔の許容とは根本的に異なる。

「美蘭が、先輩はちっとも怒らないって」

「怒るようなことされてないだろー。あの子のほうが俺よりよっぽど優秀なんだから」

「そういう意味じゃないと思います」

「えー？　よく分からん」

圭輔は小首を傾《かし》げた。

「俺は自分のこと、結構短気だと思ってるけど」

「……どこが？」

「いやまじで」

「例えば俺が何したら先輩は怒るんですか？」

「浮気」

「ちょっと重すぎますね」

「怒る人間より怒らない人間のほうがいいに決まってるし」

「それはそうですけど」

実は美蘭の言い分も分からないじゃなかった。以前、圭輔の大学時代の友人が支局を訪ねてきたことがある。その時はたまたま一束が勤務のシフトに入っていた。

水泳部で一緒だったらしいその男は、「香港にいるなんて知らなかった、年賀状見てびっくりした」と言った。

――ごめん。ばたばたしててさ。十月末だったたし、まとめて年賀状でって思っちゃって。

――弓削はいつもそうだよな。大事なことはひとりで決めてひとりでやって、それで結局うまくいってるもんなあ。水泳やめますって宣言したと思ったらあっさり転部してあっさりいいとこ就職しちゃってさ。

圭輔は黙って笑っていた。たぶんきょう、美蘭を憤慨させたのと同じ笑顔で。

あまり先輩の友達を悪く言いたくないですが、と前置きして、一束も控え目に不快を示したのだった。

――昼間のあの人の発言は、あまりにも無神経じゃないですか？　先輩が、水泳やめたくてやめたわけじゃないって知ってて……。

――うーん。

圭輔は困ったように頭をかいた。

――やな感じに聞こえた？　でもそんなこともないんだよ。……俺さ、水泳やめる時、ぎりぎりまで黙ってたんだ。医者とか監督とかは除いて。家族にも友達にも。

恋人とか、と続けなかったのは、一束に気を遣ったのか、その当時たまたまいなかったのか。

――故障自体も言わなかったし……。隠してたっていうか、まあ、隠してたんだけど、何か、何て切り出したらいいのか分かんなくて。まじめな相談って、人にしたことなかったから。それが水くさいって、今でも引っかかってんだと思う。

――誰かに打ち明けようとは思わなかったんですか？

――しゃべったらますます事態が深刻になる気がして。そういうのってない？　身も蓋《ふた》もない言い方すると、打ち明けたって治らないしさ。俺以外の人間が悲しんだり泣いてくれたりすんの、重たいって避けちゃった。

言えない秘密なら一束にもあった。後悔を繰り返しても繰り返しても、あの時に立ち返ったって結果は同じだろう、と諦めていた秘密。でも、圭輔がそんなふうに考えているのはちょっと意外だった。

――見栄っ張りなんだな、俺。長男だからかな？　関係ないか……人に話しても取り乱さずにいられるようになるまで黙っとかなきゃって思ってたんだよ、たぶん。

――……でも、友達なら、何も言わなかった先輩の気持ちを、分かって……違う……悟って……違う。

いらいらと頭を打ち振る一束を圭輔がふしぎそうに見た。

——一束？

——すいません、こういう時、いちばん合う日本語があったはずだと思って。

——察する？　思いやる？

——ちょっと違います……とにかく俺は、あの人を好きじゃない。

——一束も頑固だからなあ。

でもありがとう、と圭輔は言った。腹に抱えてるものなんて、胸に秘めてるものなんて何もありませんよという顔で。おっとりなんてしていない。ただ見せないのだ。一束が、表現が下手《へた》で（あるいは表現に対して怠惰で）溜《た》め込んでしまうのとは全然違って、圭輔は自分の意思で、心の中の澱《おり》をろ過するまで蛇口を開かない。その時圭輔が、知らない男に見えた。

仮に、水泳を断念せざるを得ない局面で一束が傍《そば》にいたら、圭輔は打ち明けてくれただろうか？　自ら戒めた弱音や不安を吐き出してくれただろうか？

確かめることはできなかった。圭輔はきっと「もちろんだよ」と言ってくれて、それが真実であろうと、自分は信じきることができない。

全部分かるわけないし、分かる必要もない。とふだんの一束は思っている。けれど不意に、腹を裂いて内臓まで見届けないと我慢がならない、と強烈な衝動がよぎるのは、新しい圭輔を垣間見る時だった。

「ところで一東、ちょっと頼みがあるんだけど」

「はい？」

改まった口調で切り出され、手元の雑誌から顔を上げる。

「来週さ、妹ふたりがこっち来るんだって」

「突然ですね」

「急に休み取れたからって。二泊三日で何を焦って来るんだろうって思うけど」

「ツアーですか？　宿泊先がまだ決まってないなら押さえますよ」

「いや、ここ泊まるって」

「……じゃあ私物引き上げないと」

慌てて立ち上がりかけたが、圭輔は「そんなことしなくていい」と留《とど》めた。

「せいぜい着替えぐらいじゃん。クローゼットに入れてるし、部屋漁《あさ》りなんかしないよ」

「歯ブラシは？」

「一東がいやなら鏡の裏にしまっとく」

「いやっていうか……先輩が困るでしょう、色々訊かれたら」

「別に。独身なんだからいいじゃん。訊かれたら『お前らに関係ない』って言うよ」

家族って、きょうだいって、それでいいんだろうか。ひとりっ子の一東にはぴんとこない。

「それより本題は別にあってさ。一束、もし空いてたら、香港色々連れてってやってくんない？　もちろん料金は払う」

「お金なんていいですけど……、妹さんたちは俺でいいんですか？」

「うん。お前に会いたいってよ」

「えーっと、樹里《じゅり》さんと、倫子《りんこ》さんですよね」

「そうそう」

圭輔、の次が賢次《けんじ》で、樹里、倫子、としりとりになっていると教えられた時は軽く驚いた。

そんな名づけってありなんだ。

「じゃああいつらに言っとく。ありがとな、喜ぶよ」

「はい。あの、本当にお金はいりませんから」

「そういうわけにはいかないだろ」

「あ、じゃあその代わりにみかんの写真送ってもらってください」

「お前、ほんとに犬好きだなー……」

犬なら何でもってわけじゃありません、と一束は抗議する。

「あの子が特に好きなんです」

「どういうところが？」

「賢いところ」

「普通だろ。お手お座り待てぐらいはしつけたけど」

「そんなことないですよ、自分の飼い主をちゃんと分かってるとことか」

「えー？」

主輔は頭の後ろで腕を組む。

「そりゃ、日々ごはんくれるおふくろだろ」

「だから、先輩のお母さんといる時は、ちょっと顔つきが違うんです」

「どんな？」

まだ半信半疑の顔つきだ。

「きりっとしてる。この人のことは自分が守るっていう、使命感みたいなものが」

「あいつがそんなにお利口かあ？」

滞在は短い間だったけど、一束はみかんを見ていたらすぐにその差が分かった。「お客さん」としての一束にみかんが愛想をサービスしてくれていることも。そうだ、犬だってこんなに違う顔を隠し持ってる。ましてや人間は。

「今度帰った時、言っとくよ。一束が褒めてたぞって」

「……いい、もう」

立ち上がってバスルームに向かうと、脱衣所で主輔につかまった。

「ごめん、怒るなよ」

「怒ってません。……バカにして」

「してないよ」

背後から服を剝《は》ぐ手にかたちだけ抗《あらが》ってみせる。洗面台の歯ブラシが目に入り、やっぱり隠しとかなきゃ、と思った。単なる生活用品なのに、それが第三者――しかも圭輔の身内――の目に入ると想像した途端、やたら生々しく映った。


夜中、ベッドの中で不意に、さっき出てこなかった言葉が閃《ひらめ》いた。圭輔に言おうかと思ったが、もう寝入っていたのでやめた。

汲む、だ。教えてくれたのは圭輔だった。ずっと昔に。

――先輩、これ何て読むんですか。

――汲《く》む、だよ。人の気持ちを理解するとか、そういう。

――水をくむ時の「くむ」と一緒ですか？

――そうそう。

――じゃあ人の気持ちって水と一緒なんだ。

と言うとちょっと面食らったように見えて、ああまた何かとんちんかんな発言をしてしまったのに違いないと思ったが、その頃にはもう、いいや先輩だし、と開き直れる程度には仲が良かった。

――……ああ、そうかな、そうかも。うん。一束っていいこと言うな。

思いがけず褒められて、意味が分からないなりに嬉しかった。だから一束の中で、人を分かるというのは、手のひらで水をすくうイメージだった。水は熱くなったりつめたくなったり、澄んだり濁ったり、凪《な》いだり荒れたりする。

そして永遠に汲みきれない分量で、汲めども汲めども指の間からこぼれ落ちてしまう。滴る音を聞き、広がる波紋を見て、別々の人間であることを思い知る。


ショートボブが樹里でセミロングが倫子、という覚え方を冬はしていたのだが、夏を迎えてふたりとも涼しげなベリーショートに変わっていた。女の子は髪やらメイクがころころ変わるから厄介だ。

姉妹だから似ていてもおかしくないのだが、それにしても双子《ふたご》と言われても疑わないほど似ている。確か、圭輔と樹里が四つ違いでそこから二歳離れて末の倫子。ふたりとも空港で出迎えた時からご機嫌で、香港が暑いと言ってははしゃぎ、店の冷房が寒いと言ってははしゃいでいた。圭輔の部屋に寄って荷物を置いてから、遅い昼食に連れ出した。最初の食事は、ミシュランの星つき飯店《レストラン》にて飲茶《ヤムチャ》。

「うまっ……めっちゃおいしいやん」

「この三日で三キロ太る自信あるわ」

「帰ったらダイエットしよ」

「しよしよ」

「全然、しなくていいと思うけど」

一束が言うとふたりは顔を見合わせて恥ずかしそうに笑った。

「そんなん素で言われたらめっちゃ照れる！」

「何で？」

「えー、だってお兄とか絶対言ってくれへんやんな」

「言わへん言わへん。お前らまた菓子食いやがってとかばっかり」

「ちょお短いスカート穿《は》いとったら、ええ度胸しとんなーとかな。むかつくおっさんやわ」

先輩がそんなことを？　びっくりした。女の子のデリケートな領域にずかずか踏み込む圭輔、というのを想像できなくて。

「……あんまり肌を見せた格好をしてると心配だからじゃないかな」

一束の中では説得力のある推測を口にしたら「ありえへん！」と大笑いされた。

支払いは圭輔のカードですませた。これでめしとか食わせてやって、とカードと、日本円で数万円相当の現金を預かった時もくすぐったいような感じがした。ほんとに「お兄ちゃん」なんだな、と。圭輔の家に招ばれた時は、短かったのと緊張していたので特に思わなかった。

「鳥羽《とば》さん、お金どないしたらええのん？」

店の外で財布を開いて待っているふたりに「先輩から預かってる」とカードを見せると「よっしゃ」とガッツポーズする。

「倫ちゃん、カルティエとエルメス行こ」

「行こ行こ。あいつゴールドて生意気やなー」

だめだよ、と思わず本気で止めるとまた笑う。

「鳥羽さんて結構天然やんな」

「うち来た時は物静かでクールな感じやったのになー」

「かわいいな」

「うん、かわいい」

冗談じゃない。

買い物がしたいとリクエストされたので、フェリーターミナル側の大型ショッピングモール、海港城《ハーバーシティ》に連れて行った。広大なうえに七月セール中の香港、夜中までいたって飽きないだろう。一束はショッピングに何の関心もないが興じている女の子を見ているのは単純に面白い。あまりに違う価値観を目の当《ま》たりにするのはちょっとした娯楽になると思う。

その合間に主輔に電話をかけた。

『あいつらわがまま言ってない？　怒ってくれていいから』

「わがままを聞くのが俺の仕事なんですよ」

『そりゃそうかもしんないけど、迷惑かけるようなことがあったら言ってくれ。俺から怒るから』

「……先輩が怒るんですか」

『そうだよ、何で？』

「いえ……」

戦利品をぶら下げた姉妹とフェリーに乗って中環に移動すると、トラムからヴィクトリア・ピークに上った。オーソドックスな観光コースだ。ピークバーで夕食をとりながら何気なく「お兄さんに怒られたことある？」と訊いてみると「めっちゃある」とこともなげに言われた。

「ていうかめっちゃ怒りっぽいよなお兄」

「うん」

「……そうなの？」

「えー、逆に鳥羽さんの中でどないなってんの、お兄は」

「どうって」

ちょっと平静を保つのに苦労する質問だ。

「……優しいけど。僕だけじゃなくて、ほかの仕事仲間も言ってる」

「めっちゃ猫かぶっとんな」と片づけられてしまうと、いつも自分が見ている主輔がにせものだと言われているみたいで微妙な気持ちになる。そりゃ、長い時間過ごしてきた家族の前で見せる面のほうが素なのかもしれないけれど。

「中二ん時、夏祭りで遊びすぎて日付越えてもうてん。そしたらお兄、家の前で仁王立ちやった」

倫子が言った。

「ガンギレやったな、あん時」

「うん。何やっとんじゃお前はって怒鳴られた」

「……お父さんみたいだね」

「あーうん、ちょっとそうかも。うち、お父さん激甘やからお父さんこそ怒ったん見たことないわー。で、お兄ちゃん——二番目のほう——は、あんま人のこと気にしいへんし、実質お兄しか説教する人おれへんもんな」

「せやけど怒りすぎやん。『表出ろや！』って足首つかまれて廊下引きずられた時は殺されるんか思った」

まさか、と一束は声を上げた。

「いくら身内だからって先輩が女の子引きずるなんて」

そもそも、圭輔の関西弁自体にあまりなじみがないので、それはもう別人のレベル。

「ちゃうねん鳥羽さん。樹里ちゃんが悪いねん。この人めっちゃ反抗期の時あって、ギャル入るし、夜帰ってけえへんし、うちらと口きけへんし、お母さんのごはん手えつけへんしで、ある日お兄の怒りが頂点に達してん」

「倫ちゃん見てたのに助けてくれへんかった」

樹里が恨み言を言うと、倫子は「むりむり」と顔の前で手を振った。

「よお近寄らんわ、ていうか樹里ちゃんも嚙んだり引っかいたりしとったやん。むしろお兄が血だらけやったやん」

「……何か、壮絶な家庭だね」

自分の家の三人暮らしって何て静かだったんだろう。

「大阪の家って大体こんな感じやで」

「そうそう、普通普通」

「それが大阪的なジョークだっていうのは分かる」

ふたりは楽しそうにくすくす笑った。目の細め方が圭輔と同じだと思う。好きな人、の血を分けた人――と改めて考えると何やら奇妙な感慨があった。席を外して「もうすぐ帰ります」と圭輔に一報入れて戻ると、欧米系の若い男がふたり、一束のいた位置に立っている。「失礼」と割り込むと軽く残念そうな顔をつくって去っていった。

「ナンパされてもた」

樹里が興奮冷めやらぬ体《てい》で報告する。

「百万ドルの夜景見ながら外人にナンパされた！」

「あーさすが香港！　永住したい！」

あんまりきゃあきゃあ騒ぐので「ついていきたかった？」と訊いてみた。ふだんの仕事ならご自由にどうぞ、だが圭輔に頼まれた手前見過ごすわけにもいかない。

ふたりは意外にもあっさり「ううん」と首を振った。

「英語分かれへんし、怖いよな」

「人んち転がり込んどいて男遊びか！　ってお兄にしばかれそうやしな」

「……しばかれるってどういう意味？」

何やら不穏当な響きだけど。

「え？　うーん」

「殴《なぐ》るとか叩《たた》くじゃないよね」

「あー、そんなマジな感じちゃうくて」

「でもマジで使う時ない？」

「そうかなー、うーん。『しばく』はやっぱ『しばく』やなー」

「『しごく』とは全然違う？」

「うん」

言葉の微妙なニュアンスまで外国語に変換しようとする時、違和感が生じるのは珍しくない。意味は通じるけれど何かが違う。ボタンとホールの位置がずれているように気持ち悪い。九割までは自分自身の未熟さゆえだと自覚しているが、やはりどうしてもほかの表現で置き換えられないものはある。たぶん「しばく」もそうなのだろう。でも圭輔には当たり前に伝わる、と思うとちょっとした疎外感を覚えた。


その圭輔が、マンションのロビーで待ち構えていた。一束たちを見るなり眉間《みけん》に軽いしわを寄せる。何だろう。遅すぎたのかな。

「お前ら、自分で買ったもんぐらい自分で持て」

「え？」

「……はーい」

一束が戸惑っていると、肩に提《さ》げていたショッパーを両側からさっと引き取られた。

「荷物人に持たすな」

圭輔の声がひどくぶっきらぼうに聞こえて、気遣われた側なのに軽くうろたえてしまった。

「タクシー降りてからここまでの間だけですよ、それまでずっとふたりとも自分で持ってたし、別に重くないですし……」

「せやせや」

「もっと言うたって」

妹たちの軽口を「アホか」とぴしゃりとけん制する。

「一束はお前らの召使《めしつかい》とちゃう。弁《わきま》えろ」

「そんなに怒らなくたって……」

「えっ」

一束が反論すると今度は圭輔が困惑した。

「いや別に怒ってないけど」

「怖がられとるで」

「パワハラやパワハラ」

当人たちがこうして平気で口を挟む以上、確かに怒ってはいないのだろう。でもびっくりした。

「うっさいなーお前ら……そんな大量に何買《こ》うてん」

「ふくー」

「くつー」

「ようさん持っとるくせに……貯金してんのか？　あと、真知子《まちこ》さんにちゃんとお土産《みやげ》買えよ小姑《こじゅうと》ども」

「あー！　うっさいのは自分！」

「貯金せえ言うたり土産買え言うたり何やねん！」

「夜遅いから騒ぐなて……一束、どうする？」

また急に、声のイントネーションが変わる。外国語をしゃべるのと大差なく思えるその振れ幅についていけず一束は「え？」と口ごもった。

「上がってお茶でも飲んでく？」

「いえ。タクシー待たせてますし、このまま帰ります」

「そっか。あしたは美蘭がエステとかネイルに連れてってやるって言ってるから、晩めしでも食おう」

「はい。おやすみなさい」

「きょうはありがとな」

圭輔の両脇で樹里と倫子が頭を下げる。ひいき目抜きで、ごく普通のしっかりしたいい子たちだと思う。口うるさく注意する必要なんてなさそうなのに、肉親の目で見るとまた違うのだろうか。


十二時を回ったころ、圭輔から電話がかかってきた。

『遅くにごめん、寝てた？』

「平気です。先輩は？」

『あいつら寝たの見計らって外出た。今マンションの下』

「無理してくれなくてもいいのに」

『いーの！　俺がかけたいの！　ほんときょう、ありがとな。ふたりとも喜んでたよ』

「いいえ、俺も」

『なに？』

「……大阪弁教えてもらったり」

先輩のことを色々訊いてました、と言ったらいい気持ちがしないかもしれないのでやめた。一束は何も言われず、あのふたりが叱《しか》られるのだろうと思えばますます。

『大阪弁？　どんな？』

「『しばく』と『いちびる』と『どや顔』」

主輔が笑った。

『汎用性低いな……あした、夜、七時で大丈夫？』

「はい。……妹さんふたり、仲いいんですね」

『あー、高校生ぐらいまではしょっちゅうつかみ合いのけんかしてたけどな。ヨーグルト食ったとかマスカラ使われたとかくだらねーことで。それがいつの間にかべったりになってて、女きょうだいって全然分かんないな』

「弟さんとは？」

『んー……あたらず触らず？　仲悪いわけじゃないけど趣味とか違うし、争う火種もないっつか、男同士でもめたら家ん中むちゃくちゃになるから、何となくお互い摩擦が起きないようにに』

どういうレベルのけんかを想定しているのだろう。それとも男きょうだいなら物の壊れるいさかいもやむなしなのか。

「俺、ひとりっ子だから全然想像できない」

『ああ、一束はひとりっ子って感じするもんな』

「……そうですね。協調性が欠けてたり、人間関係つくるの下手ですし」

『そんなこと言ってないだろー』

主輔の声が途端に慌てる。

『ごめん、そんなつもりで言ったんじゃない』

「……すぐ謝ってくれなくていいのに」

『一束？』

「何でもないです。おやすみなさい」

ぜいたくなないものねだりだとは分かっている。でも樹里や倫子を見ていると、羨望を意識せずにはいられない。

……別にたぶん、そういう趣味はないんだけど。

自分も雑に扱われてみたいっていうのは、おかしな願望だろうか。


翌日のディナーは美蘭も交えて和やかに進行した。デザートの、ツバメの巣入りマンゴーゼリーをつつきながら樹里が「お兄」と口を開くまでは。

「何や」

「私、来年ぐらいに結婚しよ思てんねんけど」

倫子は、初めから知っていたのだろう、あえてそしらぬ顔で食べ続けている。一束と美蘭は何となく圭輔の反応を待った。兄の第一声があってから他人の「おめでとう」だろうと。三者三様の注視を何とも思わないように圭輔は軽く言った。

「あ、そう。めでたいな。倫子知っとったんか？」

「あ、うん」

「そうか。ほんなら顔合わせとか日程決まったらまた教えて。たぶん、結婚式ぐらいしか出られへん思うけど」

その反応が一般的にどうなのかは一束に判断できない。でも樹里が不満なのは顔を見れば分かった。

「お兄はどうなん」

「何が」

「結婚せえへんのって」

「何や急に」

「ごまかさんとってよ」

白い陶器のスプーンが、そろいの小鉢にぶつかってまろやかに高い音がする。

「お兄の部屋、誰かおるもん」

「何言うとんねん」

いつもの正直な圭輔からは考えられないほどそのとぼけ方は堂に入っていた。しかし相手も引き下がらない。

「すぐ分かるもん。お兄とちゃう人の気配すんもん。紹介でもしてくれるんか思ってたけど、そんなふうにしらばっくれるとか最低」

「俺の個人的なつき合いに口出すな」

「お兄はいっつもそう」

樹里はたまりかねたように膝《ひざ》の上のナプキンを荒っぽくテーブルに置いた。

「何がやねん」

「うちらにはやいやい言うくせに自分は好き勝手するんやわ」

「何やと？」

圭輔の顔つきもだんだん険しくなっていく。美蘭が「ちょっと大丈夫？」という目配せをよこしてきたが、一束にもどうしようもない。

「普通に働いて暮らしてつき合ってるだけや。それの何が好き勝手やねん」

「ほらやっぱりおるんやんか」

「……樹里ちゃん、もうそのへんにしとき」

倫子が小声でたしなめたが、耳には入っていないようだった。

「それとも見せられへんような人とつき合ってんの？」

「おい」

周囲はにぎやかなおしゃべりの声に満ち、大きな声ではなかったのに、背後を通りかかったウエイターが一瞬ぎょっと足を止めた。それぐらい低く、怒りの芯《しん》に貫かれた一言だった。その声にさらされた肌がきゅっと縮んでしまいそうだ。

「もっぺん言うてみい。お前でも許さへんぞ」

目が完全に据わっている。視線の途中にあるグラスが割れるんじゃないかと思う。

樹里は椅子《いす》を鳴らして席を立つと、円卓をかき分けるようにして早足で店を出ていき、圭輔もすぐに立ち上がる。

「ごめん、すぐ戻る」

手を合わせた顔はもう、一束のよく知る圭輔だった。

「……びっくりした」

三人だけ残されると、美蘭がつぶやいた。

「私、これからあの人をからかって遊ぶのやめる。心臓止まりそうに怖かったわよ」

「ごめんなさい!」

倫子がテーブルにつくほど深々頭を下げた。

「私たちは別にいいけど……彼女はどうしたの? マリッジブルーなの?」

「お兄の反応があんまりあっさりしてるからいややったんやと思います」

「あんなものじゃないの」

「昔はめっちゃうるさかった。チャラめの男の子とか家に来ても取り次いでくれへんかったぐらい」

「でも、それはあなたたちが大人《おとな》になったと思ってるからじゃない？　弓削さんは樹里の意思を尊重したかったんでしょう」

「それは分かるんですけど……」

倫子は一束を見て「きのうの話覚えてる？」と尋ねた。

「樹里ちゃんめっちゃ反抗期やったて言うたやん？」

「うん」

「ちょうどそん時な、お兄が水泳やめてん。うちら故障してるんも知らんくて、大会の応援とかも行けへんようになってて、せやからしばらく気づかへんかって、何や最近ずっと家おるなあって思ってた。ある日お母さんに訊いたら、めっちゃさらっと『圭はもう水泳やめたから』って言うねん。『来年から違う学部に入るために勉強せなあかんから邪魔したらあかんで』って言われて、めっちゃショックやってん。ええ？　みたいな。樹里ちゃん一瞬で泣きそうな顔なって、お父さんに『何で教えてくれへんかったん』って怒ってん。したらお父さんがいつもどおり、にこーってしながら『何でやと思う？』って逆に訊くねん。『樹里ちゃん、何でやと思う？』って」

大阪の、圭輔の実家で見たＤＶＤを思い出した。あどけない声を張り上げて応援していた女の子たち。

　――お兄、頑張れ！

「それがめっちゃズーンてきたみたいでな、樹里ちゃんそっからちょっとずつ普通になっていってん。樹里ちゃんは、お兄にちゃんと頼られたり、自分の話してもらえるようにならなあかんって思ったと思うねん。せやからお兄が彼女のこと隠してたん悲しかったんやろなぁ」

「倫子はいちばん年下なのに、よく分かってるのね」

　感心する美蘭に「末っ子ってそんなもん」と説いた。

「上を観察して育つから」

「なるほど……」

　ひとりっ子ふたりが感心していると圭輔が樹里を連れて戻ってきた。若干ばつが悪そうながら笑顔だったので、ちゃんと平和裡《へいわり》に解決されたらしいことに一束はほっとした。

「ごめんなさい」

　腰まで折って謝る。

「ご迷惑かけました」

「いいのよ。どこかで飲み直しましょう」

「路上を引きずられなかった？」

　一束の言葉に倫子が大笑いする。

「何だよそれ、俺そんなことしないぞ」

「忘れてるだけやん。むかつくわー」

樹里が圭輔の背中を叩く。さっきもめたのにもう元どおり、このなあなあのふてぶてしさこそが家族の絆《きずな》というものなのかもしれない。多少のひびや傷はものともせず。

ふたりの間でどんな会話が（あるいは約束が）交わされたのか、一束は知らないままだろう。すこしだけ樹里に嫉妬した。


ふたりの乗った飛行機を見送ってから、空港を後にした。

「あーしんどかった。何かすっげー疲れた」

次は絶対ホテル取らせる、と圭輔は大きく伸びをする。

「そんなつめたいことばっかり言って」

「うん？」

「いざ結婚式を迎えたら泣くんじゃないですか」

「えー？　ありえねー」

「……見栄っ張りな先輩は、その場では泣けないでしょうから、こっそり胸を貸してあげます」

実はこっそり本気の発言だけど、圭輔は取り合わず「きょうの一束は面白いな」と笑う。

横顔を見ながら、やっぱり思ってしまう。この人が大人になっていく姿を、近くで、同じ屋根の下で見てみたかった。今のポジションに何の不満もないのだけれど。

「ん？　なに？　一束」

「俺、先輩のきょうだいに生まれてみたかったたな」

「え」

「――って、ちょっと思っただけです」

「俺はやだ！　絶対やだ！」

思いのほか強硬に拒否されてしまった。

「何かむかつく……」

「何で」

「肉体関係を重視してるんだなって」

おい、と心外そうに口を尖らせる。

「そんなこと言うなよ。さすがに怒るぞ」

「えっ」

「え？」

「――……ほんとに？」

「何でそんな期待する顔になってんの？」

Anywhere is

空港内のラウンジには毛足の短いじゅうたんが敷かれていて、幸いハイヒールの音はまったく立たない。気づかれないまま背後から声をかけることができた。向こうが低く口ずさんでいた歌のせいもあるのかもしれない。日本語の、知らない歌だった。

「――うそつき」

佐伯はゆっくりと振り返って驚いた顔をした――正確には、してみせたように見えた。

「よう、お嬢」

「その呼び方はやめてよ」

「出国ゲートの先までどうやって入ってきた？」

「くだらない質問をしないで」

望めばそれができる立場で、佐伯のために便宜を図ってやった過去もあるというのに、言わずもがなのことを訊くとぼけように腹が立った。

「出発はあしたの朝じゃなかった？」

「気が変わってね」

航空会社にあたっておいてよかった。無駄足を踏まされるところだった。

「そうまでして見送られたくなかったってわけ？　ほんと子どもね！」

「そのとおり」

けろっとした顔で、せっかくだから一杯飲もうか、と促されて、ガラス越しに発着が見渡せるロングバーへ向かった。シャンパンの泡の向こうで日本行きの旅客機がゆっくり旋回していく。

防音ガラスで隔てられた場所から眺める飛行機の離陸も着陸もすばらしくきれい、と思った。飛ぶのがあるべき姿なのだと、そういう生き物にすら見える。でも実際シートに押し込められていると全然違う。音と振動と空気抵抗と重力。あの鉄の塊に翼を生やすための膨大なエネルギーを全身で感じる。

人間もそうかしら、とふと考える。例えば生まれ持った頭の回転と資質に甘えて、世界中で放埓《ほうらつ》を堪能しているようにしか見えなかったこの男も、本当は様々な重圧を抱えて。

「何だきょうはおとなしいな」

佐伯がうすく笑う。

「いつもうるさいみたいに言わないでくれる？」

別に、こんなところに駆けつけてまでする話なんてないのだった。ただ、三年も一緒に働いていたのに平然とうその予定を告げ、ひとりきりで香港を去ろうとしている上司にむかっ腹が立ったので、絶対にそうはさせるもんかと意地になったに過ぎない。

「……一束も誘ったのよ」

「へえ」

会ったことのない人間の消息でも聞くような口ぶりだった。それでも構わずに続ける。

「でも行かないって。あなたがひとりでいたい時に邪魔をしたくないからって」

「ありがたいね」

「……分からないわ」

ため息をついた。

「どうしてそんなにすっぱり別れて、赤の他人以下みたいなことが言えるの？　あなたにとって一束って、たくさん遊んできた中のただのひとりに過ぎなかったの？」

「何だよお嬢」

佐伯が初めて、人間らしい苦笑を見せた。

「捨てられたのはこっちだぜ。弓削と殴り合いでもすりゃ満足だったか？　三秒で決着がつくだろうがね」

「そうじゃないけど……」

――俺はこいつとつき合ってるよ。

そう、平然と告げられた日のことをまだ覚えている。一束は一瞬びっくりしていたが、すぐに黙々と食事を続けた。

――まあ、公私混同する気はないし、お嬢に迷惑もかけねえよ。

だったら、と声を荒らげたのは、佐伯の言葉を淡々と聞き流している一束にいら立ったからだ。こんなデリケートな話題をたぶん何の承諾もなしにばらされて、それでも佐伯に委ねていられるらしい一束に。もののついでみたいに扱われていやじゃないの、と。

私は、あなたの口から聞きたかった。

――どうしてわざわざ私に言うわけ？

――黙ってたほうがよかったか？

よくないに決まっている。後々に一束を問い詰めると「何となくそういう関係になっちゃったから」と適当極まりない答えが返ってきて（この友人は万事においてそんなテンションなのだけれど）ますます怒りが募った。

――男の趣味があるなんて聞いてないわよ。

――僕もないと思ってた。たぶん向こうも。

――どうするのよ、あの人奥さんいるんじゃないの。

――どうもしないよ。僕が結婚できるわけじゃないし。あの人と奥さまのことはあの人が考える問題だ。

――全然言葉が通じてる気がしないわ。

――君に訊かれたから、まじめに答えてるつもりだよ。

――……本気なの？

一束は「うん」と迷わなかった。とはいえ淡泊で大雑把な性格のために誰とも長続きしなかった過去を知ってもいるので、どうせすぐ駄目になるだろうと踏んでいた。ところが予想に反して二年以上も保《も》ったのは、互いの薄情さがうまく嚙み合ったせいだろうか。

一束が、本当はどんなふうに佐伯を好きだったのかなんて知りようもないけれど。

圭輔と一束の間に何があったのかも。

「……あーあ」

いやになるわ、とシャンパングラスを呷《あお》った。

「男三人も寄り集まって、ひとりも私に興味がないっていうのはどういうこと？」

「何だよお嬢、手ぇつけてよかったんなら早く言ってくれ」

「よく言うわ」

「俺があと十年若けりゃ放っとかなかったよ」

「ほんといい加減なんだから……」

自分と同い年の一束に手をつけておいて。

「あんまりおかしな野郎とつるむなよ。どうもお前は、男の趣味だけは危なっかしい」

「大きなお世話よ」

そっぽを向いたが、からかいには心からの温かな親愛がこもっているのが分かって、ほんのすこし鼻の奥がつんとした。強すぎる炭酸が抜けていったみたいだ。

「……ねえ、さっきは何の歌を歌っていたの？」

「『故郷《ふるさと》』だよ。日本じゃ小学校で習う」

夢を叶《かな》え、立身出世を果たしたらあの懐かしい故郷へ帰ろう——そんな歌なのだそうだ。

「今のあなたのこと？」

「出世なんかしてねえよ。……それにこれは、本当は帰れない歌なんだよ」

「今言ったことと違うわ」

「時間が流れて、故郷に帰っても昔の自分じゃない。昔の家族や友達じゃない。懐かしいって感情は、自分が変わったからこそ湧いてくるだろ？　だから、帰りたくても帰れない歌だ」

「——……でも」

夜の飛行機。ちかちか瞬く白と赤の光。頭上にはネオンがないから鮮やかだ。無辺の空を突っ切って翼がどこかへ行くのを見ると、すこしせつない。そしてあんな心もとない灯りで空を渡り、海を越えることのごう慢さを思う。ゆく光。かえる光。私たち、なんてちっぽけなの。

「未来には、未来の自分にしか得られないものがあるわ。私はいつだってそれを楽しみにしてる」

だから一束は、圭輔を選んだのだと思う。終わりの見えている安寧じゃなくて。

佐伯は何も言わず、半分ほど残ったシャンパンの表面を軽く揺らした。そして隣のスツールに置いていた紙袋を差し出す。それほど大きくない。

「これ、もらってくんねえか」

ちらりと覗き込んで、中身はすぐ分かった。見覚えのある麻雀牌《マージャンぱい》のセット。

「どうしたもんかなと思ってたんだが、まあ、来てくれたお嬢に託すのがいちばんいいような気がする」

「……分かったわ」

どういういきさつのしろものかは知らないが、佐伯が珍しく持て余しているらしかったので、半ば人助けのつもりで引き取りに応じた。置いては行けず、捨てても行けず、機内に預けることもできない程度には思い入れがあって、でも持ち帰るわけにもいかないもの。

手にすると意外にずしりと重く、佐伯のマンションで一束と、時には夜遅くまで雀牌をかき回していたことが思い出された。

あの部屋にはもう圭輔がいる。こんなにはっきり覚えているのに、すべてはもう戻れない場所。そう思うと急に、感傷が込み上げてきた。

「よく一緒に麻雀したわね」

「そうだな。お前にはいくら貢《みつ》いだか分からねえ」

「人聞きの悪いこと言わないでよ」

涙をこらえきれず、身体ごとよそ向いて肘《ひじ》をついた。

「寂しくなる。――……寂しくなるわ」

「俺もだよ」

そっと肩に触れる仕草はいやになるほど女慣れしている男のそれで、でも「うそつき」とはもう言えなかった。

さよならもまた会おうもなく、佐伯は静かに席を立っていった。飛行機が飛び立つ頃にはこの涙もおさまっているだろう。きっと一束も、空を見上げている。

この香港のどこかで。遠く点《とも》る灯を。帰りゆく人を。

あの飛行機が出たら、と思う。振り返らずに空港を出ていく。尖沙咀の、ネイザンロードあたりのやかましい店に入る。そしてお腹《なか》いっぱいごはんを食べる。あしたの、未来のことを考える。この雀牌は大切にしまっておく。

いつかまたあなたに貢がせるためにね。

再見《ツォイギン》！

HAVING YOU

[HAVING YOU]

author's comment

いちゃいちゃとしんみり、
というバランスで構成を立てるのが好きみたいです。
再会直前のふたりは書いてて楽しかったな。

after you

休日をほぼ丸ごと、美蘭《メイラン》の買い物につき合って過ごした。荷物持ちに動員するはずだった彼氏が急な仕事でキャンセルと相成ったらしい。面倒といえば面倒だが食事もお茶もあっちもちだし、新しいスポットの情報に目聡《めざと》いので仕事の上でも勉強になる。同じブランドの店でも尖沙咀《チムサーチョイ》のそごうのほうが品ぞろえがいいとか、ランドマークの店舗のセールがいちばん割引率が高いとか、そういうこまごましたアンテナがどうしても一束《いっか》は鈍い。物欲がうすいせいだろう。きょう美蘭が買い込んだ靴や服の額面で三カ月ぐらい暮らせると思う。もっとも彼女は、比べるのが間違いな富裕層だけど。

「いやになるわ」

フェリーターミナル近くの「糖朝《トンシウ》」で白玉とすいかの入ったかき氷を食べながら友人は恋人の不義理にまだ腹を立てている。

「ほんとに大丈夫なの？　って何度も確認したのよ。その度休める休めるって安請け合いしといて、直前になったら『ごめんやっぱり仕事』なんだもの。仕事が入るのは仕方ないけど、そういういい加減な約束をされるのがいやなの――一束、聞いてる？」

「聞いてる聞いてる」

携帯でメールを打ちながら答えた。一束のこれだって立派な仕事、人脈が頼みのフリーランス稼業だからレスポンスはこまめにするのが基本だ。美蘭は唇《くちびる》を尖《とが》らせ「いいわよねあなたは」と矛先をこちらに向けてくる。

「職場でも恋人といられるんだから」

「公私混同はしてない」

支局に入るのなんて月のうち十日足らずだし、そもそも意図して同じになったんじゃない。

「それでも恵まれてるわ」

「なら君も彼氏の会社に転職して秘書でもやれば」

「簡単に言わないでよ」

「それぐらいの融通利くだろ」

金もコネもあるし、何より彼女は優秀なのだから。

「今だってどうせ道楽で働いてるくせに」

「失礼ね！」

「事実じゃないか」

「私が辞めたら、あなたがフルで入るの？　むしろそれが狙いなの？」

「しないよ。ほかの仕事が回らなくなる」

働き口は複数確保しておく、のも鉄則。スケジュール繰りに苦心することもあるし、収入にも波が出るが選択肢をカットしてしまうのは怖い。

「ふうん」

半分がた溶けてスープみたいになった氷をスプーンですくいながら「まあ、いつもいつも一緒っていうのもね」とつぶやいた。

「私は、彼が働いてる姿ってあまり見たくないもの」

「恵まれてるんじゃなかったっけ」

「んー……そりゃうらやましいけど、職場で見せてる顔ってプライベートとは全然違うかもしれないでしょ、幻滅したくない」

「考えすぎじゃない」

公私の別は弁《わきま》えている。支局での圭輔《けいすけ》は一束の雇い主だ。でも人格のベースは同じだから、職場で威圧的に振る舞われたこともその逆もない。圭輔は圭輔でしかない。

「そう？　向こうだって私に、仕事の時の姿を見られたくないだろうと思うわ」

「おっかない彼女をまた怒らせたって同僚に愚痴ってるかもしれないしね」

真顔で頷《うなず》いて、ますます美蘭の機嫌を損ねた。

それでも、夕方には何とか隙間《すきま》ができたとかで、美蘭はいそいそ恋人とのディナーに出向き、一束はあっさりお役御免《ごめん》となった。一束が同じことをしたって彼女は「行ってらっしゃい」と送り出してくれるだろうから、別に腹は立たない。人混みにまぎれて歩くのが好きなので、そのまま繁華街に向かってあてどなくぶらぶらしていると、ばったり友達に会った。

「よう、久しぶり。元気か？」

「まあまあ」

ちょうどいいから飯でも、という流れで焼味《シウメイ》（ロースト）の店に入った。取りとめのない近況報告の合間にふと「鳥羽《ニウジー》、最近忙しいんだって？」と振られる。

「おいしい仕事やってんなら、俺にも紹介して」

「心当たりないけど」

ローストダックのぱりぱり焦げた皮をかじりながら、誰がそんなでたらめを、と訊《き》くと、「弓削《グンシウ》」と言われた。

「え？」

「鳥羽が忙しくて頼めないから、手頃なフィリピンパブをセッティングしてくれってこっちに回ってきたんだ。十人ぐらいの団体で」

「……それっていつ？」

「先月」

「いやその、店に行く日」

「えー、今週だったかな？　ちょっと待って」

携帯のスケジュール帳を確認して「そうそう、金曜」と頷く。

「……へえ」

「あれ、俺何かまずいこと言った？　あ、口止めされてたような気がするな……ま、いっか。上司の威厳保ちたかっただけなのか？」

「かもね」

一束は笑った。それがとても表面的な笑顔だと友人は気づかない。

「男なんだから皆好きなの分かってんのになー。凍奶茶《ドンナイチャー》飲もうぜ」

この店のアイスミルクティは氷の中に器ごと盛られてやってくる。つめたいまま、最後まで味がうすまらずに楽しめるわけだ。濃厚な渋さと甘さを同時に味わいながら、一束は考える。

フィリピンパブ。団体というところからしても、プライベートで使うわけじゃないだろう。月に一回程度、在香港《ホンコン》のマスコミが集まる懇親会がある。要は幹事回り持ちの飲み会で、一束も何度か連れられて行った。ほとんど男だから当然二次会以降は「女の子のいるとこ！」という需要になるし、日常生活に不便ない程度には香港になじんだとはいえ、圭輔ひとりで夜のスポットを探すのは難しいだろう。店はいくらでもあるが、ぼったくられる心配がなくてやばい資本が入っていなくて女の子もそこそこ以上の――かなりハードルは高い。

そしてそれを、一束に依頼するのは憚《はばか》られたからほかの人材に、というところまではいい。美蘭の持論は正しい（こういう局面を想定していたわけじゃないだろうが）。公私で言うと公の見せたくない部分、が圭輔にもあった。

でも先輩、先輩はまだよく知らないでしょうけどこいつそそっかしくて口が軽いんですよ。そしてばったり出くわしてしまう狭い香港の巡り合わせ。

「で、どの店に予約取ったの？」

「湾仔《ワンツァイ》の……なあ、俺、ほんとにばらして大丈夫だった？　後で弓削に怒られねえ？」

「まさか」

一束は気前のいい作り笑いで伝票を取り上げ「おごるよ」と言った。

「僕は何も聞かなかった」

「だよな」

「もちろん」

な、わけないいけど。

家に帰って圭輔に電話をかけた。

「先輩、金曜の夜って暇ですか？」

『え、どうだったかな。何で？』

かすかな動揺が間の取り方や抑揚から窺えた。

「別に。食事でもどうかなと思って」

『ごめん、ちょっと予定入ってて』

「そうですか……」

いかにも残念そうにつぶやくと圭輔は何度も「ごめん」と言った。

「ほんとにごめんな、絶対埋め合わせするから。来週の金曜日だったら？』

「いえ、お構いなく」

そっけなく会話を切り上げたのは、隠しごとにむかついているから——ではなく、笑いそうになったからだ。ベッドに伏せて枕で声を殺す。

焦ってる焦ってる。馬鹿だなあ、と甘いニュアンスで思う。ちょっと意地が悪かっただろうか。本当は対面でかまをかけられればもっと面白かったのだけれど、自分の演技力に自信がない。女のいるクラブに行くぐらいで文句なんて言うわけないのに。下世話なつき合いも含めて仕事だということを一束は心得ているし、圭輔がそこで少々羽目《はめ》を外したって目くじら立てるつもりはない。腹が立つといえば、隠密行動に対してか。言いにくい気持ちはもちろん分かるけど。

さて、ここからどうしてくれよう。

書き留めた店のメモを眺めて一束は計画を練る。


目的の店は、一束も何度か接待に使ったことがあった。まあまあ良心的価格で、アフターは「ご自由に」だけど率直に「売る」ところじゃない。ナンバープレートをつけた女の子が雛壇《ひなだん》に並ぶ（前列からきれいな順）露骨なコンセプトの店じゃなくてよかった。それも圭輔のリクエストだったのかもしれない。

ビルの七階にあるテナントに入ると受付の黒服に「日本人の団体客来てる？」とチップを握らせて尋ねた。あそことあそことあそこ、とうす暗い店内を何カ所か指差して教えてくれる。日本人ばっかだな。不景気ってどこにあるんだ。

「人を探してるんだけど、いい？」

さらに札を差し出すと受け取りながら肩をすくめ、そっぽを向いた。一切関知しておりません、いかなるトラブルも自己責任でお願いします、のポーズ。

ありがと、とうすっぺらいカーテンで仕切られたブースを覗《のぞ》いて回る。甲高いフィリピンなまりの英語と片言の日本語。男女の笑い声と歓声。耳を澄ませて足を進めるうち、確実にビンゴな会話の断片が聞こえる。

「オフ情報洩《も》らして出禁とかになってもさ、結局よそが親切にＦＡＸしてくれるじゃん」

「そりゃ自分が食らった時誰も助けてくれないと困るし」

「ほんと、記者クラブっていらないよな！　ただの互助会じゃねーか」

そうそう、と同調する声。仕事の憂さを晴らしたくて来てるんだろうに、日本の男は大抵こうして仕事の話で盛り上がっている。まじめなんだか世間が狭いんだか。これだけ騒がしければ気配を殺す必要もないが慎重に近づいてカーテンの隙間からようすを見る。

いた。

グラス片手に楽しそうで何よりです。嬢はぴったり張りついているけれど、膝《ひざ》の上なんてこともないし。よし。突入。

一束はカーテンを開け、わざとらしく肩書で呼びかけた。

「お疲れさまです、支局長」

水割りを口にしていた主輔がその瞬間盛大にむせる。

「一束、何で……」

「你有冇事呀《ネイヤウモウシーア》（大丈夫）？」

「あ、いい、大丈夫、えと、你唔使驚呀《ネインサイグエンア》（心配しないで）」

かいがいしく背中をさする女から慌てて距離を取る。手遅れですけど。

「偶然通りかかったもので」

「いや偶然て」

建物の中の店にどうやって通りかかるのかと訊きたいだろう圭輔は、しかし負い目のせいか歯切れが悪い。

「あれ、鳥羽《とば》くん、どうしたの？」

顔見知りの、他紙の記者から声がかかる。

「きょう、来れないって聞いてたのに」

「そうなんですか？」

白々しく首を傾《かし》げてみせる。

「支局長の思い違いじゃないでしょうか。ねえ」

「いや、」

「ま、いいや、一緒に飲もうよ。はいはい、お疲れ、かんぱーい」

「どうも」

圭輔のグラスを勝手に奪って適当に合わせると一気に飲み干した。

「おい、一束」

そわそわと落ち着きのない圭輔に愛想よく笑いかける。あれあれ、すっかり酔いの醒《さ》めた顔になっちゃって。

「これ、うすすぎるんじゃないですか」

氷をからから鳴らし、傍にいる女に「うんと濃くつくってあげて」とオーダーする。


それから二時間ほど飲んで、一時を過ぎた頃お開きとなった。タクシーが安いから終電を気にせず遊べるのがアジアのいいところだ。おやすみー、と各々車に乗り込むのを見送ってから圭輔がそろそろと口を開いた。

「……一束」

「さ、行きましょうか」

「……どこに？」

「三軒目ですよ」

「いや俺、きょうはもう酒は」

「何言ってんですか？」

笑顔で泣き言を封じる。

「三軒目という名の反省会ですよ」

「……はい」

圭輔はがっくりとうなだれた。


日系の居酒屋チェーンに入る。襖《ふすま》で仕切られた掘りごたつの小さな個室がぎゅうぎゅうひしめき合う造りで、ブザーで呼ばない限り店員は来ないから秘密の反省会にはぴったりだ。

並んで座り、プレッシャーをかける。

「だから――」

決して弱くない、けれど前の店で一束がじゃんじゃん飲ませたものだから、圭輔の呂律《ろれつ》はあやうくなってきていた。

「悪かったってば」

「何も言ってませんよ」

水とウイスキーの比率が常識と逆、の水割りをつくって差し出す。

「むり」

「女の子がかき混ぜてくれないといやですか?」

「やめろっつーの!」

半ばやけくそで呷《あお》ると「くそ」とひとりごちる。

「英秀《ジンサウ》だな？　あいつがばらしたんだろ？」

「ばらすも何も」

一束はマドラーでグラスのふちをこつこつ叩《たた》く。

「皆さんで飲みに行くってうわさを世間話の一環として小耳に挟んだから軽く顔を出させて頂いただけです。しばらくお会いしてない人もいましたし」

「来るなら来るって言ってくれよー……」

こん。

強く叩くと圭輔の肩が揺れた。

「こっちの台詞《せりふ》ですけど？　行くなら行くって言ってくださいよ」

「す、すいません」

「何でほかの人間に頼んだんですか？」

「女の子の店教えてなんてお前に言えるわけないだろ！　美蘭は論外だし」

「だって仕事でしょう」

「そうだけど」

空いたグラスにまた抜かりなく酒を足す。

「どうぞ」

「そろそろピンクの象が見えてきそうなんだけど……」

「楽しそうですね」

「いやいや……」

それはたわごととして、あまりべろべろにさせても持ち帰るのにひと苦労だから見極めは必要だった。まだ目の焦点も合ってるし会話も成立する、大丈夫。

「言えないってえ～……」

「隠されると余計こっちは不安なんですけどね」

「う」

「仕事外の、後ろめたいことしに行くんじゃないかと思ったって仕方なくないですか？」

「信用してよ」

「ガールズバー」

「またそれ⁉」

「いけませんか？」

さっきから舟を漕《こ》ぐように上下する顔を覗き込んで問う。眠いというより力が入らないのだろう。ぐっと言葉に詰まる圭輔に「きょう、俺が行くまでは楽しかったですか？」とさらに追い討ちをかけた。

「先輩の隣にいた子がいちばんかわいかった」

「気のせいだよ」

「向こうが選んだんだと思いますよ。あの中じゃ先輩がいちばん若いし、靚仔《レンツァイ》だから小白臉《シャオバイリエン》にしてもいいってしきりに口説《くど》いてたの、知ってました？」

「意味が分からん」

「じゃあ教えてあげない」

「一束～……」

ハンサムだからヒモにしてもいいわ。単刀直入な甘言を理解したら圭輔は何と返したのだろうか。案外頭の固いところがあるから、女に食わせてもらうなんて屈辱だよと気を悪くしたかもしれない。

「ごめんて、まじで、もういじめんなよ」

「人聞きの悪い」

とうとうばったりと卓に伏した圭輔のうなじに鼻先を近づけ、「香水くさい」と耳打ちしてやった。

「すいません」

「あ、こんなところに口紅が」

ワイシャツの襟《えり》を指先でつつく。

「うそっ」

がばっと身を起こした圭輔に「はい」と言った。

「へ？」

「うそです」

「……もー……」

しおしおとまた、沈没。

「ほんと許して。もうしないから」

丸まった背中を見下ろしながら、自分でもどうかと思うぐらい楽しかった。もちろん本気で怒っちゃいない。けれど、まったく気を悪くしてない、といえばうそ。絶妙なさじ加減のやきもちごっこは相手が誠実であればあるほどそそられる。とにかくいざこざを避ける、という交際しかしてこなかった一束にとって初めての感覚だった。優位に立ったうえでちくちくからかうのがこんなに面白いものだとは。本気でへこたれている圭輔がかわいくて仕方がなかった。

どうしよう、もっといじめたい。

とりあえず寝られちゃ困るしつまらないので、指先で脇腹を軽くつついてみる。

「ひゃっ」

思いのほか反応が大きかった。腕の中に頭を突っ込んだまま圭輔はびくっと上体をふるわせる。

「……くすぐったい？」

肩に半ば隠れた耳に顔を近づけて尋ねると、子どもみたいにこくこく頷いた。

「先輩」

「ん？」

数秒間を空け、次は何を言われるのかとそばだてられたところに、ふうっと息を吹きかける。

「やーめーろ、バカ」

すこし裏返って高い声と、一束の体温をそぎ落とそうとするようにシャツの肩口に顔をこする仕草に、ますます燃えた。圭輔はふだん深酔いしないし、こういう感じの弱みも見せない。開けっぴろげに見えて案外ガードが固いのに、このぐだぐだぶりときたら。

そしてこの、ぞくぞくっと後ろめたい興奮は一体。

「やだな、先輩」

耳たぶをさわさわ弄《いじ》りながらささやく。

「そんなかわいい声出さないでくださいよ」

「え〜……誰が？」

「だから、先輩」

また脇腹、を星を指すようにてんてんと触れてみる。圭輔はいちいち反応して「やめろ」

と繰り返す。

「……弱いんですね」

「もう、まじでやめろって」

払いのけようとゆるゆる振り上げられる腕にはいつもの力強さが皆無で、難なく手首をキャッチできる。腱《けん》のあたりをきつく吸い上げてやった。

「あ、跡ついちゃった」

小さな花びらを埋めたようなうっ血はなかなかきれいなワンポイントになって、一束は大いに満足だった。

「ほら、先輩、見て」

「は？」

億劫《おっくう》そうに頭をもたげ、キスマーク入りの手首をいちべつした主輔は「もー」とゆるい滑舌で抗議した。

「何やってんだよ、俺、こういうのなかなか消えないんだぞ」

「へー」

顎《あご》の下をさわりと撫《な》でていやみを言う。

「つけられたことあるんですね。俺はこれが初めてですけど」

いい年で再会したのだから空白期間の年表にあれやこれや入っているのはお互いさまで、

触れずにおくのが作法というものだろう。なので一束は今、かなりずるいマナー違反をしているのに、律儀に眉《まゆ》を下げる男は本当にかわいい。

「……怒ってる？」

「いいえ？」

指の背で、頬《ほお》からこめかみへ、動物をあやすみたいに。そして後頭部をそっと押してやればまた素直に伏せた。そろそろ落ちそうだな。ほどよく切り上げて、意識のあるうちに帰るのが賢いと頭では分かっている、頭では。

でも気持ちのほうは、身も蓋《ふた》もない言い方をすれば圭輔でもっと遊びたかった。自分も結構回ってきているのかもしれない。

「どこにつけられたんですか？」

「忘れたよ、もう……」

「このへんかな？」

うなじをちりちりからかう。指先をこすり合わせて、粉を振るように、微妙に触れるか触れないか、ぐらいのじれったい動きで。

「あ、ちょっ……」

「声出しちゃだめですってば、ここお店なんですから——それともここ？　ここかな？」

耳の後ろをこすり、膝の内側を手のひらでやわらかに撫でた。

「こら」

「はい？」

もどかしい羽毛のような刺激をあちこちに与えたうえで、尾てい骨から肩甲骨《けんこうこつ》の間まで一気に指の腹でなぞり上げる。

「あ――」

圭輔がたまらないようにびくんと頭を上げ、喉《のど》を反らせて顎を突き出した。その精悍《せいかん》なライン、半開きの目と唇は非常にいやらしかった。座卓の下で足を絡ませ、つま先ですねやふくらはぎを触りまくった。

「やばい……」

「何ですか？」

「め」

背骨の溝で指を遊ばせながら優しく問いかける。

「め？」

「めっちゃキスしたい～……」

あ、関西弁。さらにかわいい。一束はよしよしと頭を撫でて「いいですよ」と快諾する。

「ほんと？」

「はい」

くいっと顎を持ち上げ、頬に一回、押しつける。それだけのつもりだった。

しかし身を引こうとした瞬間、今までの酩酊《めいてい》がうそのような素早さと腕力で抱き寄せられたかと思うと、首回りをがっちりホールドされるかたちで唇を奪われた。しまった、その気にさせすぎたか。

その時点で後悔はまだのんきだった。多少ぐずられてもあやしてかわせば大丈夫、と。しかし強引に歯列に割り入られると不安を覚え始める。留《とど》める意図で押しのけようとしても胸板はびくともしない。

「んっ……ふ、」

圭輔の、舌からも唾液《だえき》からも口腔《こうこう》内の二酸化炭素からも濃いアルコールの匂《にお》いがした。酒精で燻蒸《くんじょう》されたようなやわらかな器官がいつもより乱暴に一束の粘膜を探り、くまなく辿《たど》るうち、頭がぼうっとなる。上下の唇を交互にねぶられてぎゅっとネクタイを摑《つか》んだ。

「先輩、ちょっと——」

何とか隙をついて試みた抗議はまたすぐ塞《ふさ》がれる。ちゃんと一束のほうからも舌を差し出して応えるまで、離してもらえなかった。

「あ……っ」

やっと解放されたかと思えば、さあ次とばかりに耳を食べられて本格的に焦る。

「だめですよ、先輩」

「何が」

圭輔の目からついさっきまでの茫洋《ぼうよう》としたぶれは消え、代わりにちょっと、怖い感じの澄み方をしていた。たとえば、というか、まんま、ベッドで見上げる時の感じ。性欲も一心だと、瞳はとてもきれいにきらきらしている。一束はそれを、圭輔とするようになって知った。

「何がって、ここお店ですから」

じりじり逃れようと後ずさる。ここは何としてでも穏便にすませていただかないとしゃれにならない。

「お前がちょっかい出したんだろ」

「そうですけど」

ゆっくり膝を立て、掘りごたつから立ち上がることで物理的な距離を確保しようという思惑を見透かしたのか、圭輔は腰《こし》に手を回してぐいっと引き寄せる。片腕一本で身体《からだ》ごと移動させられてしまった。もうすっかりいつもの圭輔だ。

「何言ってんだよ今さら。さんざんからかってくれたじゃん――こんなふうにさ」

肉のない横っ腹に食い込んだ指がなまめかしく上下にうごめく。

「そんなふうにはしてません」

「そういう問題じゃねーんだよ」

どうやら一束が調子に乗っている間に酔いは多少ほどけ、別のテンションが上がってしまったようだ。申し訳ないが再度つぶれていただかなければ。

「先輩、お酒、お酒もっと飲みましょうか」

「いいよ」

氷が溶けたグラスに酒をそそぎ、それらがきちんと混ざり合うのも待たず勢いよく含むと、また唇を重ねてきた。

「んん……っ」

ほぼストレートのウイスキーが無理やり流し込まれて、その辛さに耐えきれずごくりと飲み下すと喉から上顎から頭へと灼《や》ける恍惚《こうこつ》が抜けていき、食道から胃へ、体内の道筋を熱い揮発があぶっていった。くらくらする。口の端をこぼれて伝った飴色の液体を圭輔が舐《な》め取る。

「も……っ、ほんと、だめですってば、ストップ」

「だからお前が言うなよ、人のことおもちゃにしたくせに」

「反省してます、ごめんなさい」

「口先だな」

「あ、や……っ」

すっかり立場が逆転してしまった。圭輔の手はTシャツの裾《すそ》から素肌《すはだ》に忍び、腹から胸へ這《は》い上って乳首を探り当てる。

「やだ……っ」

「何で？　もう硬い。……俺のこと弄《もてあそ》んで興奮しやがって」

「ち、がいます」

「何が違うんだよ、ほら」

確かにそこは直接の刺激を待たずに立ち上がっていた。羞恥《しゅうち》の色ごと耳朶《じだ》を食《は》みながら圭輔は尖りを咎《とが》めるように摘《つま》み、こりこり愛撫《あいぶ》する。

「っ、あ、いや……」

「声、出すなよ」

さっき一束が口にした注意でいじめられてしまう。きゅうっと皮膚《ひふ》の下まで押し込まれ、指先でぐりぐりにじるように弄られれば性感は点から面に拡《ひろ》がっていく。

「ご、めんなさいってば……っ」

「聞こえません」

「あぁ、あ――」

ボリュームはどうにか絞れても声自体はカットできない。

日式の居酒屋だから、そこここで生中だの酎《ちゅう》ハイだの、日本語が飛び交っている。酒宴の喧騒《けんそう》のなかとはいえ、明らかに異質な情交の気配はいやになるほど浮き上がって聞こえる。

四方を襖に囲まれた個室の二方向は廊下に面し、もうふたつは隣の座敷とつながっている。

紙の仕切りで隔てられただけの頼りない空間にいつ誰が部屋を間違えて入ってくるかもしれないし、千鳥足でつまずけばひとたまりもないだろう。店員がオーダーを聞きに来る可能性だってある。危惧を想像するだけ、身体全体酒に浸かったみたいにじわりとしびれるのを止められない。

「……ん、やぁ」

「一束」

執拗《しつよう》に胸の突起を弄くりながら、圭輔の片手はこともあろうにテーブルの下、ベルトのバックルに伸ばされた。

「だめ！」

どこまでする気、とさすがに怖い。それでいて抵抗のままならない官能。圭輔の湿った息が生え際や目じりや頬の上で溶けていく。

「先輩、ほんとにだめ、やだ、こんなとこで」

両手で阻もうとするが、うんと腫《は》らされた朱《あか》いところを強く弱くこすられると腰から末端に至るまで脱力してしまう。

「あ、あ……っ」

ぎこちない制止を難なくかいくぐって圭輔はベルトの前を外し、ジーンズを開いた。そこがくつろげられるととっさにほっとして、窮屈に押し込められていた自分の発情を否が応でも自覚させられる。

「やー……」

細かくわななきながら、一束は弱々しくかぶりを振った。

「いや——やっ……」

「なこと言ったって」

下着の上から欲情を蓄えたかたちをなぞり上げられ、床下の空間でつま先を引きつらせる。

「無理だろ、今さら」

「……ああ、やっ……」

卓の影が落ちる薄暗がりで昂《たかぶ》りを露出させられた。圭輔の手はいつもより体温が高い。巻きつけられた指がゆるやかに性器を扱《しご》き始める。

「ああっ……！」

かたちばかりの障壁の向こうは相変わらずにぎやかで、その日常の中で施されているみだらな行為が夢じゃないかと錯覚しそうになる。圭輔が、周りに他人のいるところで、こんな。

「……一束」

「いや、ぁ、」

でもこの生々しい感触は現実にしかありえない。すっかり上向いた性器を好き放題に煽《あお》り立てる手。

「も、やめて」

「やめない」

指の狭間《はざま》で、神経ごと熟《う》れた乳首を転がしながらきっぱり言う。

「止まんない――お前だってそうだろ？」

「ああっ、あ……」

磁石みたい。上体がしなだれてくったり圭輔の胸によりかかってしまう。自分の吐息は水蒸気になって白いシャツにしみをつくってしまいそうな気がした。

「あ、あ、先輩、」

「かわいい、一束――やらしい」

過敏なポイントを責められるごとにわななく一束の髪に短いキスを何度も落としながら低く吹き込んでくる。

「感じる？　気持ちいい？　……こんなとこで」

「やだ……ぁ」

親指と人差し指で作った輪が昂りの表面を繰り返し上下する。ちいさな段差のところで感度を思い知らせるみたいに細かく摩擦され、もう張り詰めきったと思っていたものが戒めの中でまた大きく脈打つ。

「……濡《ぬ》れてきた」

「いや、や——あ、ん……っ」

身体を圭輔に預けているから、半身が座布団《ざぶとん》からわずかに浮く。胸を刺激していた手が、すっかりゆるんだ腰回りの余裕をいいことに背後から潜り込み、いちばん奥をそろりと確かめた。

「——や！」

身体の中につながる口をなぞる。

「いや、そこ、だめ、触んないでっ……」

まさか本当にフルコースで？ 血の気が引いてもおかしくない状況なのに腺液《せんえき》はとめどなく分泌され、圭輔の手を汚していく。

「ああ……っ」

その、こぼす孔《あな》をぬるぬると探られて背中一面、霜のような鳥肌が立った。

「や、やだ、も、出ちゃうから、あ、せんぱい」

もうゆるして。懇願に圭輔は「うん」と答えてすこし後ろにずれ、一束の下肢《かし》にうずくまるように顔を埋《うず》めた。

「っ、んん……！」

あられもなく叫んでしまいそうになり、両手で口を塞ぐ。前を舐められ、潤いのない後ろは優しくこすられ、身体の両側で違う呼吸をしている。後から後からこぼれてくる先走りを浅くくぼんだ舌がすくった。押し当てられた指の先で肉の狭間はひくひくと声なく喘《あえ》いでいる。

「ん――ん、んっ」

圭輔は唾液が伝ってなめらかになった根元を扱きながら先端のカーブを口蓋《こうがい》で掠め、歯の表面でこすり、一気に吸い上げる。

「ん、っんんっ……！」

精液の分量以上の何かが勢いよくあふれたような気がした。力なくテーブルに放り出した手が使い捨ての紙おしぼりに触れたから、放出を飲み下した圭輔の顔に投げつけた。

「ばか！」

「一束、顔真っ赤」

「や、やだって言ったのに」

「途中でやめるほうが困っただろ。……一束、服直して、出よう」

「え？」

「とにかく今すぐどっかのホテルに飛び込まないと、俺、人に見られながらでもやっちゃいそうだから」

溶け残った氷をばりばり破砕する目つきが、おっかなくて、ぞくぞくした。

「ああ……っ」

突き飛ばされるように転がったベッドの上で、性急に慣らされた場所を圭輔が割り開いてくる。苦しいのに浅い息しかつけなくて声がか細く裏返った。

「あ……あっ」

半ばまで飲み込まされると、顔の両横についた圭輔の腕に爪《つめ》を立てた。

「や、も、むり――」

普段より膨張が激しいような気がして、快感の反面で怯《ひる》んでしまう。

「馬鹿言うなよ」

ずり上がる肩を手首でせき止め、ぐっと押し込んでくる。

「あっ！　あぁ……」

覚えている、指では届かないところを挿入でこすられると背中がのけぞる。

「あ、あっ、あ」

「――ほら、全部入った」

圭輔のかたちに拡げられた粘膜が異物になじむのを待たず切っ先はずるりと体内に空隙《くうげき》をつくり、また熱と硬度で埋めていく。

「いや――いや、もっとゆっくり、して」

「できるか」

一束の下肢を揺さぶり、貪る。

「あんなふうに挑発されてさ……たまんなかったんだけど、まじで」

「や、ああ……！」

密着した身体を振りほどいてはまた突き込んで。摩擦に神経が灼《や》き切れるかと思うのに、圭輔の、みなぎった血管のルートまで詳細に感じるような気もする。巡りと鼓動。性器のずっと奥、普通のやり方では触れることのできない愉悦のありかを思うさま往復されて、くわえた場所は圭輔を吸うように中へ中へと収縮した。

「ん、ああ、あ……っ、いく、っ」

「……いいよ」

「せ、せんぱい、は……？」

いつでも出せそうな感じがするのに。

「まだ――もっとさせて」

「あぁっ……」

深酒のせいかその晩の圭輔は硬いままなかなかいかなくて、喉がからからになるまで泣かされた。

「そういえば俺、すげースムーズにチェックインできたよ、オール広東語《カントン》で」

「……ああ」

他人《ひと》さまと会話ができる状態じゃなかったので、一束はロビーの隅っこでうつむいたまま一言も口をきかなかった。

「にんじんがあると潜在能力が発揮されんのかな」

にんじんとしては「馬鹿」と答えざるを得ない。

「あれ、香港にラブホってある？」

「ありますよ。九龍塘《ガウロントン》のあたりとか、旺角《モンコック》にも普通に」

「え、うそ、どのへん？　気づかなかった」

「それを訊いてどうしようっていうんですか？」

「もうね、やめようよ、そういう返し」

「日本みたいに派手なネオン掲げてないですから。雑居ビルに『時鐘酒店《シーチョンツァウディム》』って書いてあったらそれです」

時間貸しホテル、の意。日本みたいな独創性と探究心に富んだ趣向もなく、ベッドとシャワー程度の、連れ込み宿に近い。

「ブルース・リーの邸宅も今、ラブホテルになってるって知ってました?」

「うそ、別にファンじゃないけど何かショックだな」

「羅曼《ルオマン》酒店っていうんです」

「どういう意味?」

ロマンスホテル、と言うと圭輔はおかしそうに笑ってあくびをひとつした。

before you

社会部の部長から電話がかかってきた時、圭輔は警視庁の記者クラブにいた。

「はい」

取った時点で、覚悟はしていた。異動の内々示がその日の午後発表される、と非公式な話ながら全員が知っていたからだ。東京本社内異動か、それとも別の、大阪か西部の本社、あるいは支局。

『弓削、用件分かるよな?』

「はい……俺、どこ行くんすか」

『沖ノ鳥島《おきのとりしま》通信部』

「ええ?」

『バカ、うそに決まってるだろ、ないよそんな部署は』

「はあ」

『社史編纂《へんさん》室と文化部で究極のメニューづくり、どっちがいい?』

「あの、そういう冗談やめてもらえますかね」

『はは』

ごめんごめん、と誠意のない謝罪をしてからおもむろに「外報だと」と言った。

「……それもガセでしょ？」

『本当だよ。夕方にはメールで発令されるから確認しとけ』

「いや外報って……俺、英語できないんすよ。海外もハワイしか行ったことないんすよ」

『俺に言われたって知らんよ。上の連中、いちいち考えてないんだろ』

「外報で、どこ行くんすか」

『それはまだ聞いてないな。おいおいお達しがあるだろ。あ、送別会で希望の店があったら教えといて』

そんなのんきなことは考えられない。電話が切れてもしばし呆然《ぼうぜん》としていた。外報て。一度たりとも口にした覚えがない。入社した際もその後の配属希望も、一貫して「運動部」と書いていた。今となっては社会部も楽しいし、あくまで希望だから「おまじないみたいなもん」と先輩から聞いていて、惰性で申告していたに過ぎないが。

「弓削くん、三時からの会見始まるよ、行こうよ」

「あ、はい」

パーテーションで仕切られたお隣さん、よその記者に声をかけられ立ち上がる。

「さっき聞こえてきたけど、異動だって？」

「そうみたいです」

「何年いたっけ？」

「こっちには三年です」

やっと面白くなってきたのにな、とひとりごちると「つらいとこだよね」と肩を叩かれた。

「でも知ってる？　東京放送の高木《たかぎ》さんも今度異動で営業部だって。テレビ局はむごいよなー。全部ごっちゃのガラガラポンだもん。ずっと報道やってた人間が四十手前で営業だよ。俺ら、一応記者職で採用された以上、記者以外の部署に回されることはないじゃん」

「そうすねえ」

慰めに、半ば上の空で曖昧《あいまい》な相づちを返した。


ちょっとだけ時間つくって、とメールして、恋人と落ち合えたのは深夜のファミレスでだった。

「久しぶり」

「うん。ごめんな急に」

「ううん」

コーヒーが運ばれてくると、圭輔は単刀直入に「異動になった」と切り出した。悩むだけの猶予《ゆうよ》が自分にない。

「うそ、どこ？」

「まだ分かんないけど外報だから、外国のどっか」

内勤するにしたって、何年かは特派員を経験するのが慣例だと聞いているから、東京に留まれる可能性はゼロと言っていい。

「えー」

彼女は困ったように笑う。

「ざっくりした話だなー。新聞社の海外支局って世界中にあるじゃん」

「南極と北極は省いていいよ」

「えー、どこだろうね」

「どこなら嬉《うれ》しい？」

カップを持った手がぴた、と宙で止まった。

「……私が？」

「うん」

「そりゃあ、パリかニューヨークでしょ。北欧の方もいいかもね。バルト三国とか……カナダ、いっそ中東も楽しそう」

トルコ、エジプト、ドバイ、と挙げていってふと真顔になり「仕事ってさ、楽しいよね」

と言った。

「何だよ、急に」

「思うの。就職してから二十五、二十六ぐらいまでは右も左も分からなかったじゃない？　世間知らずで、馬鹿で、ああ学校のお勉強なんて何の役にも立たないんだってへこむことばっかりで、今でも私、夜中に思い出すと恥ずかしくて叫びそうになる失敗、たくさんしたよ。弓削くんはそういうのない？」

「あるけど……」

「で、そっから三十までは、ちょっと分かってきて生意気になるのね。自分も通ってきた道だっていうのすっかり忘れて、新人の非常識にむかむかしたり。弓削くんて大らかだから、ないか」

「そんなことないよ」

口を挟まずにしゃべらせておくほうがいいんだろうなと判断して、圭輔は、久しく触れていない唇を眺めていた。こんなふうに差し向かいで、じっくり話をする構えになるのもいつぶりだろう。向こうも同じことを思っているかもしれない。

この人に、最後にどきどきしたのはいつだったっけ、と。

「やっと最近、自意識過剰もうぬぼれも自己嫌悪も落ち着いて、自分の力量っていうのも分かって、まともな社会人になってきたかなって思う」

「そっか」

「でも……」

近くのテーブルに陣取った大学生の集団がけたたましく笑うから、その声はすこし大きくなった。

「そういうの、全部捨てて、弓削くんについてくよ。北極でも南極でも」

圭輔は、硬直した。固まってしまった。そういう返事を、ある程度の確率で予想はしていたが、期待や希望はしていなかった、という自分の本心を思い知る。

でも次の言葉が、石を人間に戻す。

「――って言ったら弓削くん困るよねえ」

しんみりと何かを、もう諦めてしまったほほ笑みを浮かべて。

ああ、もう終わってるんだ。唐突に気づいた。本当は、今夜よりずっと前から。今互いの間にあるのは、電源を切った後の儚《はかな》い余熱。後生大事に抱えたところで、ぬくもりを保てない。だからこそ、うそでも嬉しい顔をできなかった自分が最低だと思った。

「……ごめん」

「いいよ。私だって、会社辞めてついてきてくれって言われたら同じ反応するもん――ねえ、まだ時間大丈夫？　パフェ食べていい？」

「え、うん」

面食らって頷くと楽しげにメニューを開いてあれこれ目移りし、結局、チョコレートパフェを頼んだ。

「がっつり甘いの、食べたくなっちゃった」

二本刺さったポッキーをぽりぽりかじると、柄の長いスプーンでチョコソースのかかったホイップクリームをすくい、食べ始める。

「大学の時の友達がね、今度結婚するの」

「へえ」

「プロポーズの言葉訊いたら『もう俺でええやん』だったんだって。あ、その子の彼氏大阪の人なのね」

「夢がないな。友達のほうは、それでいいのか」

思わず苦笑すると「でも実際そんなもんじゃない？」と言う。

「ある程度つき合ってて、気心知れてるとさ、お互いさまだよ。妥協っていうのとは違うけど……」

まだらに茶色くなったクリームがバナナにべっとり絡んでいる。それも、きれいに口紅を塗った輪の中に飲み込まれていった。そうだ、こんな時間なのに、ちゃんと化粧を直してきてくれた。

「だから、何となく私も、そのうち弓削くんに同じこと言われるのかなあって思ったりしたよ。そんで私も、あーそうだねってOKするのかって」

「……うん」

さすがに「俺でいいだろ」とは言わないだろうけど、確かに考えていた。あと一年ぐらい続いたらあいさつに行かなきゃ、と。自分はそれなりの年齢で、世間とか男女の仲というのはそういうものだと思っていたから。

「だって、また別の誰かと初めから、とか考えられないもん。道のりが遠すぎるし、うまくいくとは限んないし」

分かる、と思う。そんな気持ちが分かってしまうから自分たちは別れるのだとも。

「何かもうさ、三十過ぎたらしたくないよね、失恋とか」

理にかなってはいないのに妙な説得力のある言葉で、軽く吹き出してしまった。涙のひとつも交えない最後になりそうなのはラッキーかその逆か。

「あ」

順調にパフェグラスを掘削していた手が止まる。

「これ下の方、アイスとコーンフレークしか入ってないじゃん。失敗したなあ、もう」

どんなパフェなら「成功」なのか圭輔には分からない。

「アンケートに文句書いてやる」

「残せよ」

「ううん」

ぱり、とちいさな音を立ててコーンフレークが砕けた。

「弓削くんもう帰んなよ。疲れてるだろうし、この先もっと忙しいんでしょ。私これ食べてから出るから」

「でも、」

「一緒に出たくないの」

それだけが、きょう聞いた、切実な声だった。

「私物とか鍵はお互い郵送するってことで」

「……分かった」

伝票を握って立ち上がる。

「身体に気をつけてね」

「そっちこそ」

「バイバイ」

「うん」

別れるとも、続けるとも選べないまま、混乱を処しきれずに話をして、結局引導は彼女が渡してくれた。寂しいし、申し訳ない。でも確かにほっとしている。

情けねー、と心底思った。決していい加減な気持ちでつき合ってきたつもりはないけれど、責任を取りきれるほどでもなかった、という卑怯《ひきょう》な立ち位置。

もう当分恋愛はいいや。投げやりに自分を戒める。どうせしばらくは慌しくてそんな余裕もないだろうし。もう子どもじゃない。好きになった、つき合おう、そんな単純な矢印を飛ばすわけにはいかないんだ、と気づかされてしまった。

全然、想像もできないけれど、いつかまた誰かを好きになって、どうにかなりたいと願うなら、それ相応の覚悟を決めなくてはならない。それこそ、一生傍にいるぐらいの。

こいつでいいとも俺でいいとも思いたくはない。

ちゃんとしよう。


今住んでいる部屋をどうしたもんかと思案しながらタクシーに乗って帰った。家具・家電は譲れる限り譲って、後は処分。どうしても必要なものは実家に預かってもらう。あれ、そうなると次日本に戻ってくる時はまた身ひとつからのスタートになるのか？　それも不経済な気がする。初めての海外赴任だから勝手がさっぱり分からない。書類上の手続きは会社で取りはからってくれるのだろうが、引っ越しは自前だろう。急な退去となると一カ月分の家賃をペナルティで取られる。その費用は申請していいのか？　処理することが多すぎる。

いや、そもそも俺はどこに行かされるんだ。パソコンを起《た》ち上げてメールをチェックした。

内々示の第一報は夕方、「外報部への異動を命ず」。そして数時間前に二通目が届いていた。

『勤務地・香港　役職・香港支局長』

香港。

その二文字が飛び込んできた瞬間、頭の中をいっぱいに、うろたえるほど鮮やかに占めたのは遠い昔のできごとたちだった。

――どこの国にいたの？

――……香港。

・

一東。

始まりもせず、かっこ悪いてんまつで終わってしまった短い恋。

香港。一東が住んでいたところ。

今も、住んでいるのかもしれない――だったら何だよ、別れ話してきたとこなのに何考えてんだ。自分を落ち着かせるためベランダへ出て深呼吸し、夜空を眺めた。冷蔵庫から出してきたビールをちびちび飲む。東京の空ももうすぐ見納めだ。香港も大して変わらないかもしれないけれど。外報の同期は、アフリカでまさしく降るような星空を見た、と感激してたっけ。信じられないぐらい汚いものにもきれいなものにも直面する、それが海外支局の醍醐《だいご》味《み》だよ、と。

――外国に行ける仕事がいいよな。

そんな話をした記憶がある。せっかく昔の自分の希望が叶《かな》ったのに、尻込《しりご》みして暗い気持ちになっていた。

――一束が香港に住んだら、俺遊びに行くから。

そうも言った。一束は今、どこでどうしているだろう。どんな大人《おとな》になり、どんな仕事を。どんな相手と、夜を。

馬鹿げた話だ。本当に一束が香港にいたとしても、それこそアフリカの田舎町《いなかまち》ならともかく、人口過密の大都市で会えるわけがないだろうし、会えたところでどうにもならない。はるか昔にきっぱり拒絶された相手だ。そういや、ファミレスで切られたことあったな。ちょっと笑う。

何の展望も持てないのに、圭輔は、腹の底の方から透きとおった水が湧いてくるように、自分のくたびれた身体が力を取り戻していくのを感じていた。香港、という地名が、自分を立ち返らせてくれたからだ。

若くて、今より馬鹿で、世間知らずで——でもすくなくとも今よりひたむきに未来を見て、恋をしていたころの圭輔に。理不尽な社命、短い準備期間、引き継ぎ。こつこつ重ねていた取材を断念しなきゃならないことや、やっとの思いで入手した警察資料を人の手に委ねなければならないことへの悔しさもすっと消え失せた。

新しい世界へ行くのだ。そこで新しい、日本でできない仕事をすればいいだけの話だ。いじましい未練は捨てよう。何も持たず、何も知らない目で香港を見よう。無口な一束があんなに愛していた街を。

それでもし、もしも会う日が訪れたなら、昔のことを謝りたい。香港の話をしたい。

一束。

元気か？

「帰還命令だ」

パソコンを前にして佐伯《さえき》が言う。

「え？」

一束は手元の雑誌から顔を上げる。

「異動異動」

「次はどちらに？」

ここに来る前はEU《欧州》総局、さらに前は確か北米総局、間にこまごま挟まっていたのかもしれないが、とにかく放浪者という認識だったので、また地球の遠いどこかに派遣されるのだろうと思っていた。

「いや、日本で内勤」

「……これから、ずっとですか？」

「たぶんな」

「それは――」

おめでとうございますなのかご愁傷さまなのか、どちらを口にしても無用に踏み込む台詞になってしまいそうで「急ですね」とごく無難に締めくくった。

「異動は急なもんだよ」

「香港にはいつまで？」

「再来週に後任が来るから、引き継ぎして、一カ月かそこらかな。お前のことは言っとくから、支局の仕事は続けりゃいいよ——別に辞めてもいいけどな」

「続けられればありがたいけど、後任の方の腹ひとつでお払い箱でしょう」

「心配すんな、ちょっと知ってるけどそんな気難しいやつじゃねえよ。すくなくともいびられはしねえだろ」

請け合う割に人の悪い笑顔で佐伯は言った。

「いびられてもいいですよ、仕事なんだから。もらうものさえもらえれば、ほかはどうでもいい」

「そういう態度だからいびられんだろうよ」

「態度のことなんて佐伯さんに言われたくないですね」

「そりゃそうだ」

その後は、至って無味乾燥な業務連絡を二、三交わして佐伯のマンションを出た。あの人がいなくなったら、と考える。考えてみるが、別に何が変わるわけでもない。ちょっといい宿と、一緒に寝る相手がいなくなるだけで、死なないし、暮らしが成り立たないわけでもない。三年近くのつき合いだから寂しい、でも寂しいだけだ。

ネオンの隙間を埋める背景でしかないような空を見上げて、もう男とつき合うような妙な経験はしないんだろうな、とぼんやり思った。

……初日から締め出しくらうっていうのは、何の洗礼だろうか。プレートがかかっている以上、ここが新しい職場で間違いないはずなのに。高層ビルの一室、施錠された扉の前で為《な》すすべなく佇《たたず》んでいると、エレベーターが到着して中から数年ぶりに見る顔が現れた。

「お、早いな」

「九時半って聞いてたんですけど」

「あれ、もう十時か」

佐伯は一切悪びれず鍵を開けると、もう主輔には目もくれず新聞を読み始める。椅子《いす》のひとつすすめてくるでもないスルーっぷりに、あーこういう人だったよな、と思い出す。特に悪意があるんじゃなく、ナチュラルに不遜《ふそん》というか、人を人とも思わないところがあるというか。出国前、メールや電話でいくつか質問を投げた際も「来りゃ分かる」とか「来たら説明」であしらわれてしまったし。

狭いオフィスを見渡すと、支局長の机のほかに、ふたつデスクが置いてある。

「あの」

「何だよ」

「現地のスタッフっていうか、アシスタントの人がいるんですよね？」

「ああ」

「ちゃんとコミュニケーションできますかね。俺、英語ほんと駄目なんですけど」

「何だ」

佐伯が初めて新聞から顔を上げた。

「お前、何も知らねえのか？」

「はあ……」

教えてくれようともしなかった張本人が何を言うか。

「ふたりいて、両方とも日本語はぺらぺらだよ。ていうか片方日本人だぞ」

「あ、そうなんですか」

最大の不安材料が取り除かれてほっとする。「佐伯は語学堪能だから、現地語オンリーの人間雇ってるかもな」とさんざん脅されていたので。

「年も近いし、まあうまいことやってくれや。名前は――」

その時、入り口のドアが開いた。おはようございます、と複数の声。


それから。

それから。

ワンダーフォーゲル

[ワンダーフォーゲル]

author’s comment

「渡り鳥」という意味のタイトルなので
鳥にちなんだ短編をあれこれ。
子ども時代の三人は仲良しだけどちょっと不穏です。

ワンダーフォーゲル

おはよう、と十和子《とわこ》が言う。もっともこっちは真夜中だ。

「きのう、かけたけど留守だったな」

『やだ、前から言ってたでしょう、きのうは良時《よしとき》の結婚式じゃない』

「ああ、そうか」

『すごくきれいだった。八重《やえ》さんって和風の顔立ちだから、神式がぴったりで。いいなあって思ったわ』

「何だ、結婚式がうらやましいなら挙げるか」

『虚礼は大嫌いだってあなたが言ったのよ』

「さらし者になるのはごめんだって話だ。ふたりだけでやるぶんにはいい」

『駆け落ちみたい――……ふふ』

「何だ」

『ごめんなさい、思い出し笑い。母がね、まだこぼしてたの。良時を婿《むこ》に出すなんて思わなかった、それならうちも密《ひそか》さんにお婿に来てもらえばよかったって。そうしたら父がたしなめたんだけど、』

なおもくすくすと笑いながら続ける。

『それじゃあ彼は「静密《しずか》」になってしまうじゃないか、気の毒だろうって』

「ああ、ひっそりとインパクトのある名前だな」

単なる社会的な分類記号だし、どうせ海外勤務だから大した不都合もなさそうだが。

『私たち、性別が逆じゃなくてよかったわね』

「良時の苗字《みょうじ》は何になるんだっけ？」

『須賀《すが》』

「大して変わんねえな」

二言三言、近況を交わして「またかける」と受話器を置いた。その、ちょうどいいタイミングで、バスルームから女が出てくる。

「電話してた？」

「ああ」

「どなた？」

「妻」

「奥さまはどんな人？」

嫉妬や対抗意識ではなく、単なる興味だから煩わしくはない。

「普通の主婦だよ」

「鳩《はと》みたいな?」

「鳩?」

「Besser ein Spatz in der Hand als eine Taube auf dem Dach――っていうのよ、こっちでは」

「屋根の鳩より手の中の雀《すずめ》?」

「そう。日本語にもこんな言葉はある?」

「遠くの親戚《しんせき》より近くの他人、とは言うね。微妙に意味は違うか」

そして日本なら、雀より鳩のほうが軽んじられている。

「仲はいいの?」

「とても」

「円満の秘訣は?」

「うそと秘密」

「夢がないわ」

「どうして。うそと秘密を保つには努力がいるんだ。何でも話し合うよりずっと。そして努力の根源は愛だろう」

「すてきな詭弁《きべん》ね」

ほほ笑みながら差し伸べられた手を取って、ベッドへ。屋根よりずっと向こうの、海を越えたところで待つ鳩。近くて遠い、血のつながらない兄弟を、遠くて近い妻を思い浮かべながら短い距離を歩む。

もっともっと遠くへ行かなくては。

雛の心臓

密と仲良くなるにつれ、良時がひとりで病院を訪れる頻度も増した。

兄が来る、と前もって分かっている日は、頃合いになったら窓に張りついて外をチェックする（もちろん、体調がいい時限定）。総合病院をぐるりと囲む街路樹の陰からひょこっと姿が見えて、徐々に近づいてくる良時が自分に気づき、こっちを見上げて手を振ってくれる瞬間が好きだから。

「あれっ？」

きょうもその、一連の儀式が行われるはずだったのに、兄の足は建物のすこし手前でぴたりと止まった。見えない大きな水たまりに出くわしたみたいな困惑が何となく伝わってきたので、振り返って密を呼ぶ。

「密」

「何だよ」

片耳にイヤホンを突っ込んで、けだるそうに答える。

「下に行こ」

「何で」

「お兄ちゃん来てる」

「待ってりゃいいだろ」

「ううん、何か、困ってるみたい」

「へえ」

「ねえ、行こうよ、どうせ売店に夕刊買いに行くでしょ？」

腰《こし》の重い密を、ねえったらねえったらねえ、と急《せ》かして半ば無理やり連れ出すことに成功した。

「上に一枚羽織《はお》れよ」

「えー、もうあったかいもん、平気だよ」

「いいから」

ベッドのパイプに引っかけてあった密のカーディガンが飛んでくる。ぶかぶかの袖《そで》を通しながら思った。最近の密は、優しい。というか甘いような気がする。きっともうすぐ退院するからだ。

「お兄ちゃん！」

「十和子」

病棟を出ると、兄は両手に水を受けるようなポーズで佇んでいた。ゆるく丸まった指の間で、赤黒いものがぴくぴく動いている。

「何それ！　鳥？　鳥？」

「うん。道に落ちてた。まだ子どもだ」

羽毛はおろか、まだ目も開いていない雛《ひな》だった。痛々しい地肌《じはだ》にはひょろひょろうぶげが生え、白くやわそうなくちばしからはさえずりではなく、ゲー、ゲーといがらっぽく濁った音が洩《も》れている。

「気持ちわりーな」

密ははっきり言った。確かに、テレビや絵本で見るふわふわくりくり愛らしい雛鳥の姿からは程遠い。それでも「十和子にも触らせて」とねだったが「病気になるかもしれないから我慢しような」とやんわり諭された。

「たぶん、あそこにいたんだと思う」

良時が真上を仰《あお》ぐ。街路樹の幹と枝の継ぎ目にうまく巣が収まっていた。二階の窓と同じぐらいの高さ。

「戻してくるよ」

自分たちが来たことで気持ちの決心がついたのか、良時は上着のフードに雛をそっと入れ、子どもの両腕がどうにか回る程度の木に飛びついた。

「気をつけてね」

「ほっときゃいーのに」

兄の身体は、するすると木を登っていく。こぶやくぼみにつま先を引っかけ、手は枝を手《た》繰《ぐ》り。お兄ちゃんは何でもできる、と思う。密が何でも知っているのと同じぐらい。難なく迷子《まいご》をおうちに送り届けてやった良時を地上から拍手でたたえた。

同じルートで下りてくる帰路、運動靴がずるりと滑り、良時の身体《からだ》は一瞬支えを失った。けれど「あっ！」と叫ぶのと同時にちゃんと別のポイントに着地し、ことなきを得る。

「お兄ちゃん、大丈夫？」

「うん」

両手を払いながら兄は「びっくりさせてごめんな」と笑った。

「……ごめんな」

隣の密に向けられた二度目の謝罪ではたと気づく。いつの間にか密の手を握っていた。すこし考えて、さっき声を上げた時、とっさに摑《つか》んでしまったのだと思い出した。

「中、入ろうぜ」

何も見ていなかったような顔で密は手をほどき、きびすを返す。その後ろを良時と並んで歩きながら「鳥、どうなるかな」と尋ねる。

「お母さん鳥、戻ってくるかな」

「夕方になったら、餌《えさ》をくわえて帰ってくるよ」

「鳥の赤ちゃんって、どんなだった？」

すごく軽かった、と良時は答えた。

「それで、身体の中心臓しか入ってないのかなって思うぐらい、どくどくいってたよ。すごく鼓動が速かった」

「ふうん、それって、」

「うん？」

「……何でもない」

密より？　と訊こうとしたのだ。表情はちっとも変わらなかったのに、今しがたの密は、ひどく脈が速かった。手のひらにはまだあのリズムが残っている。


兄が帰ってしばらくしてから密が「しまった」とつぶやいた。

「夕刊買ってねーじゃん」

「十和子も行く」

「寄り道しねーぞ」

「分かってるよ」

二基あるエレベーターはどっちもなかなか動かなかった。正確にはもうひとつ稼働しているが、急患とか急変とか、とにかく「急」用なのでおいそれと乗るのはまずい。短気な密はすぐ待つのに飽きて非常階段を下りていく。

「お前、自分のこと名前で呼ぶの、やめろ」

「何で？」

「頭が悪そうだからだよ」

「十和子、頭悪いよ？　密だっていっつも馬鹿って言ってるじゃない」

「そういうことじゃねんだよ、バカ」

「ほら、またあ！」

「――黙ってろ」

不意に密が低くささやいて口元を指先で制する。そして手すりに身を乗り出し、踊り場を窺《うかが》った。

「――ほんとに？」

「ほんとほんと、岡《おか》さんが夜勤の時見たんだって。おんなじベッドに入ってるの」

「えー、小学生なのによくやるわ」

よく顔を合わせる、小児病棟の看護師だった。どうやら入院している誰かの噂話《うわさばなし》らしい。

「でも、それって、まさか――だよね？」

「本人たちは一緒に寝てただけだって言うけど……ねえ？」

「まあでも高学年だもんねえ、もう男女よね」

「……じゃああのふたりも危ないんじゃない？　ほら、佐伯くんと十和子ちゃん」

いきなり名指しされ、驚いて密を見たが横顔は石のようにつめたかった。それでいて瞳は、ぎらぎら下品なほど野蛮に輝いている。

「ああ、十和子ちゃんはともかく、男の子のほうはね」

「でしょ？　いやな感じに大人《おとな》びてるっていうか、時々ぞっとしちゃう」

「色んなこと知ってそうだもんね」

湿った忍び笑いが洩れ、「色んなこと」が何なのかは分からないが、とてもいやな気持ちになった。汚いものを、拭《ぬぐ》うことのできない胸の内側に塗りたくられたような。

「密、あっちへ行こうよ」

袖を引っ張ると押し殺した声で「動くなよ」と命じ、足音を立てずに廊下へ出ていった。そしてほどなく戻ってくる――水をなみなみと満たした青いバケツを持って。階段の横はトイレだから、清掃用具入れから拝借したのに違いない。

「おい」

わざわざ声をかけ、相手がこちらを見上げてぎょっとしたタイミングでバケツの中身をぶちまけた。きゃあ、と派手な悲鳴が上がる。

「何するの！」

「はあ？」

さらに空のバケツまで投げつけて「お前らが喧嘩《けんか》売ったんだろうが」と悠然と笑った。

「『何するの』？　じゃあ今まで何くっちゃべってたのか言ってみろ、俺の前で言えるもんなら言ってみろよ」

突きつけられる語気の鋭さに大人はたじろいだ。

「てめえらが欲求不満だからっておんなじレベルで考えてんじゃねえ。モップの柄でも突っ込んでやろうか」

「密、やめようよ」

良時がいないから、自分がストップをかけなくてはいけない。

手首を摑んで、はっとして、離した。激しているように見せながら、密の鼓動はとてもなだらかだった。指先には何も響いてこなかった。

そんな大騒ぎを起こした翌日、ふらっと病室を出ていった密が、何だか壮絶なありさまで戻ってきた。

「どうしたの？」

両手の、肘《ひじ》から先が血と泥にまみれ、頬《ほお》にも赤い筋が走っている。

「猫」

洗面台でじゃぶじゃぶ手を洗いながら短く答える。ふたつ一組の丸い、ちいさな穴が皮膚《ひふ》にいくつか空いていて、出血の原因はその牙痕《きばあと》らしかった。

「きのうの雛がまた落ちてて、野良猫《のらねこ》がくわえていこうとしてたからな。取り上げて中庭に埋めといた」

「……あの子、死んじゃったの？」

「落ちた時死んでたのか、猫のせいかは分かんねえけど」

「どうしてまた落ちちゃったの？　せっかくお兄ちゃんが助けたのに」

「弱いから親鳥が落としたとか、巣にいる兄弟が落としたとか、人間に触られたから警戒して落としたとか」

弱いから、両親や良時から見捨てられる。そんなの、考えたこともなかった。

「ひどいよ……かわいそう」

「ひどくねえよ」

点のような傷口からは、後から後から赤がしみ出てきた。

「かわいそうでもねえ、それが普通なんだ。俺たちが違うんだ」

ほっときゃいーのに、と言った時点で、密はこの結末を予想していたのかもしれない。

「あいつに言うなよ」

と釘《くぎ》を刺された。

「でも、密が怪我《けが》してたら絶対訊《き》くよ」

「猫に噛《か》まれたって普通に言やいいんだよ」

バカだな、と言う時の口調は、いつも優しい。だから雪絵《ゆきえ》は「失礼な子」と怒るけど、ちっとも気にならない。

「全部つくろうとするから難しいんだよ。うそなんて、ちょっと隠すか、ちょっと変えるか、それだけでいいんだ」

次の日から熱を出した。その二日後に良時が来て、ひとしきり心配した後、隣のベッドを覗《のぞ》く。

「……手、どうしたんだ」

「猫と喧嘩した」

「猫とまで喧嘩するんだな」

「うっせー」

「痛い?」

「ちょっと化膿《かのう》してきて、紫に膨れてる。見るか?」

「うん」

ぺりり……とガーゼを留めたテープを肌から剝《は》がす音がする。ぼんやりのぼせた頭を動かすと、カーテン越しに、ひとかたまりになったふたつの影が淡く揺らめいていた。水槽の中にいるみたい、と思う。うつらうつら、熱さましが意識にもやをかけているのに耳は衣擦《きぬず》れやふたりの呼吸をやけにはっきり拾う。

「……ひどいな」

「そうか?」

「ひどいよ。……危ないことするな」

「うん」

布の向こうにいるのは、ほんとに密とお兄ちゃんなのかな、とふと思った。しちゃ駄目だ、とか、しないほうがいい、ではなく、強く「するな」と命じる良時と、素直に応じる密。どんな顔をしているのか想像できない。でもカーテンが開いて、ひょいと戻ってきた兄はいつもの笑顔で。

「きょう、公文《くもん》行く日だから帰るな。もうすぐ雪ちゃん来るから」

「お兄ちゃん」

「うん？」

布団《ふとん》の中から手を差し出すと若干戸惑っていたがぎゅっと握ってくれる。

「……十和子、つらいのか？　もっといようか？」

「ううん、いいの。バイバイ」

兄の鼓動も速いような気がしたのだ。雛鳥みたいに。そして、そのとおりだった。手をつなぐとすぐに分かった。

密も、きっと。

密は、十和子といる時はそうならない。

十和子も、密といる時はそうならない。

だって密といたら何も怖くないし、苦しくない。心臓が速いのは苦しいからいや。密が早く死んじゃいそうだからいや。

「密」

「何だよ」

「熱が下がったら、鳥を埋めたとこに連れてって」

「……いいけど、うっかりあいつにしゃべんなよ」

「大丈夫だよ」

うそのつき方なら、もう教わったから。
密が血だらけで掘ったちいさな墓に早く行きたい。
もう動くことのない、雛の心臓に向かって手を合わせたい。

study of silence

　ホストにしろゲストにしろ結婚披露宴というのはすくなからず緊張する場だけれど、今回は新郎も新婦も気心の知れた同期だからリラックスできた。大半のテーブルが会社関係の見覚えある顔ばかりで、しぜんと砕けた雰囲気になる。

「西口《にしぐち》がなあ……いつからつき合ってたんだ？　知ってた？」

「いや、居酒屋で公開プロポーズするまで全然」

「あいつらしいな」

「ん？　これで同期、独身なのってもう数人じゃないか？」

「子どもがまだなのは？」

「こいつら」

　隣り合った良時と密に、人差し指が向けられる。

「佐伯《さえき》なんか学生結婚だろ？　絶対妊娠させて責任取らされたんだと思ってたよ」

「そんなドジ踏むかよ」

　良時はこういう場面でいつも迷う。こいつの連れ合いは身体が弱くて、とさりげなく助け船を出すべきなのか。でも妹のプライバシーの問題もあるし、そもそも姻戚《いんせき》関係自体を社内で明らかにしていないし、密は「ガキなんて嫌いだよ」ですませてしまう（それは偽らざる本心だろう）。だから毎回黙って聞いているだけだ。

「じゃあ須賀は？　お前は子ども好きだよな。一緒に山下《やました》んち行った時、赤ん坊構って嬉《うれ》しそうにしてたもん」

「もの珍しくてつい」

我ながら言い訳がましい、と思った。

「珍獣じゃないんだからつくれよ」

「嫁《よめ》さんほったらかしにしてるんだろ、美人なのにもったいない」

他意のない、ただの冗談だ。良時も腹を立てたりはしない。けれど、密の前でその領域に踏み込まれるのはとてもいやだった。どうして、と説明できないから控えてくれと頼むこともできず、「コウノトリがさぼってるのかな」と定型の文句でお茶を濁す。密も何も言わない。

セレモニーが終わると密が「二次会は？」と尋ねた。

「俺、会社行かないと。朝刊の編集あるから。密は出るのか？」

「帰って荷造り」

お互い忙《せわ》しないことだ。

「今度、どこだっけ?」

「テルアビブ」

「また物騒な土地だな、気をつけろよ」

「空港で自動小銃ぶっ放した日本人のほうがよっぽど物騒だと思われてるよ。大体何だ、その漠然とした注意」

一杯だけ飲もうぜ、とホテルの最上階にあるバーの案内を顎《あご》で示した。透明なチューブを上下するカプセルみたいなエレベーターが街並みをどんどん俯瞰《ふかん》へと遠ざけていく。

「お前に何かあったら、十和子がかわいそうだ」

「俺は気の毒じゃねえのか」

「そんなこと言ってないだろ」

子どもみたいだな、と呆《あき》れると「自分のシスコン棚に上げんなよ」と言い返された。こんな軽口なら、いくらでも出てくるのだけれど。

カウンターに落ち着くと、密が「つくらねえのか」と言った。

「うん?」

「ガキ」

面と向かって、将来について尋ねられたのは初めてだった。

「つくらないつもりはないよ」

子を成し、会社を辞め、妻の実家に戻る。自分で敷いたはずの、数十年先までのレール。

「でも授《さず》かりものだし、こっちの意思だけじゃ何ともな。そのために意識して頑張るっていうのも、あんまり好きじゃない」

「ふーん」

水を向けた割に白けた顔の密に、良時も訊きたかった。もしも十和子が健康体なら、お前は子どもを欲しかったか、と。しかしたった一パイントのギネスで引っ張り出せる質問じゃない。そもそも無意味な仮定を確かめて、どうしたいのか。

「――でも、」

自問を振り払うように口を開いた。

「おととい、『遅れてる』って言われた」

背中から腰に、ざわっと鳥肌の下りていくような感覚があって、それはたぶん、複雑な安《あん》堵《ど》だった。言えた、よかった、と。もしこれで妊娠が確実になっても、ためらわずに報告できる。同時に、言ってよかったのか、とおそれる気持ちもある。

「ふだん、きっちりくるから珍しいらしくて」

もしかしたらだけど、と逸《はや》る喜びを抑えて打ち明けてくれた八重に、ちゃんと優しくできただろうか。たったの二日前なのにはっきり思い出せないのはなぜだ。

「そりゃおめでとう。おごってやるよ、もう一杯飲め」

「いいよ、病院に行ったわけじゃないから」

良時を無視して二杯目のギネスを頼むといつもの皮肉げな笑みを覗かせた。

「女が生まれたら、悪い遊びを教えてやるよ」

「男だったら?」

「悪い遊びを一緒にするんだ」

「怖いな」

ビールが運ばれてくると、どちらからともなくささやかに乾杯した。でもその後は会話がなかった。


酔うほども飲んでいないがこのまま会社に直行だから、アルコール分を飛ばすためにホテルの庭園をぶらぶら歩いた。

頭上から、つんのめるような鳥の声が降ってくる。

——け、け、けきょ、けきょ……。

「何だ?」

深い梢《こずえ》を見上げたが、声の主は分からない。

「うぐいすだろ」

密が言う。

「ずいぶんへたくそだな」

「まだリハーサル中じゃねえの。子どもなんだろ」

練習の盛りなのか、どこを歩いても未熟な歌が聞こえる。小道を抜け、池にかかる橋を渡ると真ん中で密が立ち止まり、ふっと眼差《まなざ》しを宙に泳がせた。

「密?」

「コウノトリって、幼鳥の時しか鳴かないんだと」

「え?」

「普通の鳥は、こうやってさえずりを覚えるけど、コウノトリは逆で、成長につれて鳴管が退化して巣立ちのころには完全に鳴かなくなる。歌を忘れていく珍しい鳥だって、聞いた」

「……そうなのか」

春先の空気はひどくつめたかった。灰色に濁った空からぴしゃぴしゃと、みぞれ混じりの雨が落ち始める。密が「行こうぜ」と言う。良時は「うん」と頷くしかできなかった。そのまま、言葉もなく地下鉄の入り口で分岐した。

黙り込む、という行いを、いったいいつから覚えたのだろう。静けさを埋める必要のなかった、幼いころの気安さとは違う。雨雲のように実体なくわだかまる沈黙を、いつから必要とし始めたのか。

歌を「忘れる」のではなく、「歌わないこと」を学んだ。そういう成長がある。密の、濡《ぬ》れたコートの背中に、声をかけないことを学んだ。

喉《のど》の奥で言葉にならない言葉が紙くずのように丸まり、息苦しくなっても。


次の日の夜明け、帰宅すると八重は起きて待っていた。

「ただいま――どうした?」

「ごめんなさい」

「うん?」

「あの……始まって、あれが……ちょっと不順になっただけだったみたいで」

「……ああ」

「もっとはっきりしてから言えばよかった。ぬか喜びさせてしまって……」

ああ、俺は、ちゃんと喜んだんだな、と思った。そのことに胸を撫《な》で下ろした。リハーサルだ、これも。じきに「本番」がきて、きっと俺はうまくできる。「父親」になれる。「夫」

になったように——何を考えているんだろう？　分からない。寝不足で、ちょっとおかしいんだ。

「気にしなくていいよ」

自分の声に、喉をかきむしりたくなった。

never let you go

掛け水をしたばかりなのか、居並ぶ墓石のひとつだけが陽射《ひざ》しに濡れて光っていて、ちょうどいい目印になった。青山《あおやま》墓地なんかと比べるなら猫の額ほどの霊園だが、なぜか墓のありかをいつまで経っても覚えられない。特に方向音痴だとも物覚えが悪いとも思わないのに、いつかはそこに入る、という確かな未来が怖いからだろうか。でも毎度軽く迷ってると白状すれば叱《しか》られるに違いない。

「雪絵さん」

線香の火を、手でひらひらとなだめていた雪絵が振り返って「あら」と笑う。

「家に電話したら、ここに来てるって言うから——きょう、誰かの月命日だったっけ？」

急用がない限り、両親と祖父母、月に四回の墓参りを欠かさない雪絵は「違いますよ」とため息をつく。

「十和子さんが無事に退院なさったので、ご報告とお礼を」

「ああ、なるほど」

「突っ立ってないで、せっかくいらしたんなら手ぐらい合わせましょう」

「そうしよう」

膝《ひざ》を折って目を閉じ、しばし合掌《がっしょう》する。ちらりと傍《かたわ》らの横顔を盗み見ると厳かな面持《おもも》ちだった。うすい眉《まゆ》といくつかのしみ。ほつれた白髪が蜘蛛《くも》の糸みたいにふわふわ銀色にたなびいている。良時は自分の不躾《ぶしつけ》をすぐに反省し、再び瞑目《めいもく》した。「行きましょうか」というお許しが出るまで。花立てにはふさふさと繁ったしきみが水滴を受け止めている。

「しきみって、どんな字を書くんだろうな」

ふと口に出すと「新聞社にお勤めでも分かりませんか」とからかわれた。

「俺の無知は認めるとして、記者って別に賢くないよ」

「そうでしょうか？　新聞を読むとこの世のことが全部書いてあるように思います」

「全然。それに何百人と動員してつくってるものだから」

新聞の活字数を記者の人数で単純に割ると、ひとり頭七行しか書いていない計算になる、と新人のころ、上司に聞いた覚えがある。曰《いわ》く、その程度の労働なのだから、組合活動で賃上げを要求するなど愚の骨頂だ——真偽は定かでないが。

「木扁《きへん》に秘密の『密』と書くんですよ」

雪絵が教えてくれた。木扁に、密《ひそか》。

「実には毒があるんだそうです。だから『悪《あ》しき実』が縮んで樒《しきみ》」

笑いそうになったが、雪絵の手前、こらえた。もっとも彼女も同じ連想をしているかもしれない。

「よく知ってるね」

「昔、大奥さまに教えて頂きました」

「へえ」

「私、数時間ばかり行方《ゆくえ》不明になって皆様をお騒がせしたことがあるんですが、良時さんは覚えてませんか？」

「いや、全然」

「静のお宅へご厄介になって間もなくのことでした。大奥さまに樒を買ってくるよう言いつけられたんですが、何しろ物知らずの小娘で、それが何なのか分からなかったんです。でも訊くこともできなかった。学のない、使えない子だと思われるのが怖くて……。野菜なのか果物なのかお魚なのか肉の部位なのか、もっと別の何かなのか……商店街を何往復もして、でも見当たらず、日もすっかり暮れてしまって、足は疲れたしお腹は空《す》いたしでべそをかいていたら奥さまが探しに来てくださいました。わけを話すと、花屋に連れていってくださって」

雪絵がうちに来たのは十五かそこらで、良時は三歳だった。少女の不安や焦りを思うと、遅くまで遊びすぎて家に入れなかった遠い夕暮れの心細さがよみがえってきて、すこし胸がちくりとした。身内じゃない雪絵の痛みはその比じゃなかっただろう。

「奥さまに手を引かれて帰ると、大奥さまが門の前でお待ちでした。きっとお叱りを受けるに違いないと身を縮めていましたら、『私がちゃんと教えなかったばっかりに、ごめんなさいね』と謝ってくださって……あの時は私、嬉しくてほっとして、ぼろぼろ泣いてしまいました」

「そんなことがあったのか」

雪絵が自分について話すのは珍しかった。

「ええ」

子どもでしたねえ、と濃いねずの墓石を見つめる。

「どこかでお茶でも飲もうか」

「ではこの先の、二つ目の角に喫茶店がありますから、そこに行きましょう」

「うん」

並んで歩きながら、さりげなく肘を差し出してみる。雪絵は一瞬驚いていたが「光栄です」と苦笑してごく控えめに指を掛けた。

「良時さんは」

「うん？」

「だんだんと大旦那《おおだんな》さまに似てきました。横顔なんか、特に」

「十和子には親父《おやじ》とそっくりだって言われたよ。でもじいさんは何だか複雑だな……」

「そうですか?」

歩みに合わせて黒いインバネスの裾《すそ》がわずかに揺れる。祖父の形見分けで譲られたものを女性用に仕立て直し、ずっと着ている。だからかなりの年代物だが、もともとのこしらえが上等なのと、丹念に手入れして、特別な外出の時しか羽織らないのでくたびれた感じはしない。

祖父が亡くなってしばらくのち、鴨居《かもい》に引っかけたハンガーに吊《つ》るしたインバネスを見上げて、じっと正座している雪絵を見たことがあった。どんな表情をしているのか、後ろ姿からは窺いようもなかったけれど、倍も年を取ったみたいに丸まった背中は、いつもしゃきっとした彼女とは別人だった。それで声をかけられなかった。


そこは本当に「喫茶店」の佇《たたず》まいだった。カフェとチェーン店だらけの今となっては稀《き》少《しょう》かもしれない。表に「香り高い珈琲《コーヒー》をどうぞ」の看板がかかっていて、ドアにカウベルがついていて、ヤニで少々黄ばんだ壁にはUCCのアイスコーヒーのポスターが貼ってあり、スパゲティ――パスタでなく――はナポリタンと決まっていて。雪絵はゆっくりコートを脱ぎ、生きているものを扱うように丁寧にたたんだ。

コーヒーがふたつ運ばれてくると雪絵のほうから口を開く。

「きょうはどのようなご用で？」

「……何だ、お見通しなのか」

「わざわざお墓まで出向いてこられるからには、折り入って何かあるのかしらと思っただけです」

「うん、まあ、今さらって感じもするんだけど……十和子とも話し合ったんだ、気を悪くしないでくれるかな」

「何ですか、回りくどい」

男の子がごちゃごちゃ言わないの！　と何かの折に怒られたことを思い出し、三つ子の魂何とやらでつい背筋を伸ばしてしまう。

「いや、雪絵さんってほんとのところ、うちのじいさんの娘じゃないのかって」

「ばかばかしい」

「――っていつも一蹴《いっしゅう》されるから突っ込めなかったんだけど。俺は子どものころ、遠縁だって聞かされてた。でもそれは違うんだろ？」

雪絵は黙ってミルクを垂らし、スプーンでかき混ぜた。

「じいさんが養女にしたいって言ったのを、雪絵さんが断ったらしいじゃないか」

「それを確かめてどうするおつもりですか？」

「じいさんの娘として、本来相続すべき遺産を受け取らなかったってことだから、そのぶんを返したいって十和子は言ってる。今回みたいに、急に容態が悪くなったらそれもできなくなるからって」

「ますますもってばかばかしいですね」

「雪絵さんが金に興味ないのは知ってるけど、十和子の気持ちも汲《く》んでやってくれないか。あいつなりに、雪絵さんにできるだけのお礼をしたいと思ってるんだ」

少々ウエットに訴えかけると、さすがに困惑を浮かべてカップに口をつけ「仕方がないですね」とため息をついた。

「別にもったいぶって隠してたわけじゃありません、言うほどのことでもないと思ってただけなんです」

「じゃあやっぱり……」

「何がやっぱりですか、そんなわけないでしょう」

「え？」

「隠し子だなんて、大旦那さまに限って……ご自分のおじいさまを、そんなふうに思ってらっしゃったんですか？」

「そんなふうって……いや、どうだろう。そういえば俺、じいさんの性格とか、あんまり考えたことなかったな。漠然とおっかなかっただけで」

厳格だった、とは思わない。妹のように膝の上で甘やかされはしなかったが、雷を落とされた記憶もない。でも祖父は良時にとって緊張する相手で、居室の前を通りかかる時にはしぜんと忍び足になった。

「何でだろうなあ」

「旦那さまや奥さまが、大旦那さまをちゃんと立ててらしたからでしょう」

「ああ、そうか」

おじいちゃんイコールお父さんより偉い人、の図式が完全に成り立っていたのだ。いつでも席は上座《かみざ》で、祖父が現れないと食事は始まらない。新年のあいさつを一家に向けて発するのも祖父、書き初《ぞ》めを添削するのも祖父。通知表や賞状はまず「おじいちゃまにお見せしてきなさい」。

「うちの親って、ちゃんとしてたんだな」

「当たり前ですよ」

口ぶりは呆れていたが、やけに嬉しそうだ。ハンドバッグを探り、一枚の写真を取り出す。白黒でふちが黄ばんだ、かなり古いもののようだった。

若い男。

「それが、私の父親です」

「……うん」

ひと目見て分かった。雪絵とよく似ていて、そして、祖父の面影はすこしもない。

「大旦那さまに頂いたものです。うちにはカメラもアルバムもありませんでしたから。今みたいに携帯で気軽にパシャパシャ撮る時代からは考えられないかもしれませんけど」

「じゃあ、雪絵さんの父親とうちのじいさんはほんとに親戚なのか？」

「違うと思います」

「思いますって？」

「私も知らないからです」

雪絵はあっさりと言った。

「説明しようもなかったというのが正直なところですね」

「待ってくれ、全然話が見えないよ」

良時の混乱を置き去りに、話を続ける。

「物心ついた時にはもう、父親とふたりだけの暮らしでした。あとあと戸籍を見ましたら、母は私が生まれて間もなく死んでいました」

昔の雪絵は、密に母がいないことでちょくちょくいやみを言った。どんなに頭がよくったって、あいさつや常識を教えてくれる相手がいないいんじゃね、と。良時はそのたびいやな気持ちになったが、あれらの発言は、雪絵自身への攻撃でもあったのかもしれない。母親がいないせいで、しきみも知らずに大きくなってしまった、と恥じる気持ちが消えずに。

「父は虚弱で寡黙な人で……とても静かな生活でした。十五の時、心臓発作だったと思いますが、勤め先で倒れてそのまま息を引き取りました。会社の方が家にお見えになりましたが、子どもがいることを知らなかったようで驚いていました。きっと会社でも、植物みたいにひっそりと過ごしていたんでしょう」

写真の中の男は、二十代の半ばだろうか。どことなく不安げな表情をしていた。レンズに向かってどんな顔をつくっていいのか分からないというように。バックには何も写っていない。どんな状況でシャッターが押されたのだろうか。撮影者は祖父なのか、ほかの誰かなのか。

「謎めいたお父さんだな」

「そうでしょうか。良時さんもおじいさまのことを何もご存じなかったでしょう。そういうものだと思います。子どもは、知らないってことが怖くないんです」

「……そして大人になると、知ってしまうことも怖いね」

肯定でも否定でもありえそうに、曖昧《あいまい》なほほ笑みだけが返ってきた。

「薄情な話かもしれませんが、お通夜《つや》の席で、私はひたすら先の生活が不安でした。今、同情してくれている担任の先生や近所の人たちだって、私を引き受けてはくれない、頼れる人もいなくてどうやって生きていけばいいのかと――そんなことを考えてスカートを握り締めていると、男の人が入ってきました」

雪絵はちらりと、隣の席に置いた上着を見やる。

「インバネスを着て、教科書で見た宮沢賢治《みやざわけんじ》の写真みたいだと思いました。その人は、靴も脱がずに上がり込んで、父のなきがらを確かめるとうずくまってわんわん泣き出しました」

「……それが、うちのじいさん？」

「ええ」

「想像できないな」

祖父の涙。二年先んじて逝《い》った祖母の葬儀でも、こぼさなかったのに。悲しみに限らず喜怒哀楽をたやすく表に出すタイプではなく、それが家長としての威厳でもあった。

「びっくりしました」

「そりゃそうだろう」

「大人の男の人が、あんなに人目も憚《はばか》らず大声で泣くところを見たのは、後にも先にもあの一度だけでした。借家なのに、涙で畳が腐ったらどうしようと心配になるぐらい」

「雪絵さんらしいな」

「泣きじゃくって、それからやっと存在に気づいたように私を見て、濡れた目で何度も瞬きをしてらっしゃいました」

雪絵はいくぶんか冷めたコーヒーを含んだ。舌を湿したらその続きが始まるのだろうと待ったが、一向に再開されないので良時はつい「それで？」と急かしてしまう。

「終わりです」

「そんな」

「身寄りがないと正直に言ったら、じゃあうちに来ればいいと仰《おっしゃ》いました。身体の弱いお孫さんがいらっしゃるので、家の手伝いをしてくれる人間が必要だからと」

「結局のところ、うちのじいさんと雪絵さんのお父さんは、どういうつながりだったんだ？」

「さあ」

「さあって」

「父は何も語らずに死んでしまいましたし、大旦那さまもとうにお亡くなりです。調べようと思えばできるかもしれませんが、私にはそのつもりがありません」

「本人に確かめる機会なんて、いくらでもあったんじゃないのか？　雪絵さんには知る権利があっただろうに、じいさんも適当だな」

「権利だなんて、卑《いや》しい言葉です」

きっぱりと言い切られてしまった。

「大旦那さまの心の中にあったものは、大旦那さまだけのものです。思い出に権利など行使してはいけないんです」

「しかし――」

「父のために、子どものように泣いてくれた。たった一枚、手元に残してあった写真を私にくださった、それでいいんです」

コーヒーを飲み干すと「そういうわけですから」とやけにさっぱりした口調で言う。こっちは全然すっきりしない。

「私はただの、大旦那さまに拾っていただいた家政婦です。財産分与なんてとんでもない話ですよ。万が一血縁だったとしてもいりません。十和子さんの優しいお気持ちだけで十分です。人からどう思われているのかは知りませんけれど、私は自分を幸せだと思っていますから」

「不幸には見えないが、なかなか変わった人生だなと思うよ。話を聞いたら、ますます」

「平凡な女です」

性分だろうか。窓の桟《さん》にうっすら溜《た》まった埃《ほこり》をペーパーナプキンでさっと拭う。

「どこの馬の骨とも知れない小娘がいきなりやってきて、大奥さまも、旦那さまも、奥さまも、内心ではお困りだったと思います。子ども扱いするにも大人扱いするにも微妙な年齢でしたし、大旦那さまは何も説明なさらないしで。でも皆さま、そんなことはおくびにも出さず、私の境遇に同情してくださいました。良時さんたちには、私が自分を殺して仕えてきたように見えるかもしれませんが、逆です。高校に行かなかったのも、結婚しなかったのも、我を通しただけです。私はずっと、あの優しい人たちの傍で働いていたかった」

「肉親をそうも褒められると、照れるな」

「良時さんもですよ」

「え?」

「よちよち歩きの良時さんが、遊ぼう遊ぼうとすぐに懐いてくれて、居場所ができたみたいで嬉しかったものです。それでいて、奥さまが十和子さんにかかりっきりになっている間は、甘えたい気持ちをこらえて、不平ひとつ洩らしませんでしたね。あんなにちいさなころから、良時さんは立派なお兄さまでいらっしゃいました。そして十和子さんも、誰に教えられなくても、良時さんの思いやりをちゃんと分かっていて――おふたりを見ていると、時々、私にもきょうだいがいたら、とうらやましくなりました」

「……俺たちの話はいいんだよ」

「今さら恥ずかしがらなくてもいいでしょう――あの時からずっと、思ってたんです。いつかは良時さんだけを見てくれる人が現れたらいいって。良時さんが、わがままや本音をぶつけられる相手と出会えますようにって」

空になったカップに濃く残ったコーヒーの色を見つめて、こうつぶやいた。

「……だから私は、八重さんを許せなかった」


駅の改札を抜けた別れ際、「雪絵さん」と呼び止める。

「何ですか」

「俺、再婚はしないよ」

なぜですか、とは訊かれなかった。雪絵はじっと良時を見ている。良時の中にいる、祖父を見ている。

分かったことはひとつだけ。雪絵が祖父の養女にならなかったのは、かりそめにでも「親子」になるのがいやだったから。彼女の人生にいきなり飛び込んできて、泣きじゃくった祖父を愛していたから。きっと心の中だけで。今でも、誰にも触らせない思い出を抱いて。

でも俺は、あなたほど強くないから、思い出だけじゃ足りないんだ。

「一生ですか」

「うん。もう決めた。雪絵さんの望みに反することなら、それだけを申し訳なく思う」

雪絵はゆっくりとかぶりを振った。

「仕方がありませんね。良時さんの人生ですから」

「自分ではそう悪くないと思ってるよ」

階段を上ると、同じタイミングで向かいのホームに雪絵が現れる。互いにちいさく手を振る。その後ろを、鳩が鈍いはばたきで掠めていった。

——寂しくないか。

不意に祖父の声がよみがえってきた。もう、決して新しく耳に刻まれることのない声。良時は縁側で本を読んでいた。電車の図鑑。古くさい、劇画みたいな色のタッチや、ぺかぺかして厚い紙をこするようにめくったことも覚えている。雪絵は隣で洗濯物をたたんでいた。遮断しきれない冬の外気がガラス戸からひんやりと放たれていたが、陽射しはのどかだった。

祖父が、尋ねる。

——お母さんがいないと、寂しくないか。

母はいつものように、十和子の病院に行って不在だった。良時はその問いにどう答えていいものか、小首を傾《かし》げた。あまりにストレートな質問は、抽象的なそれより困る。

——……そういう訊き方はなさらないであげてください。

タオルをたたんでは重ねながら、雪絵がやんわり助け船を出す。

——良ちゃんは『寂しくない』としか言えない子なんです。

——なら、寂しいか、と訊くとどうだね。

——同じです。

——そうかあ。

祖父は苦笑して「良時は苦労性だな」と子どもの頭を撫でた。

——優しいんです。幼稚園でも、おもちゃやブランコの順番をいつもお友達に譲ってあげているると、先生に褒められました。

ちょっと恥ずかしかった。そんなこと言わなくてもいいのに。ふんふん頷《うなず》いたものの、祖父がすっと庭に目を逸《そ》らしたのでほっとした。

――あれは、雪絵がやったのか？

まだ芽吹かない梅の枝に、輪切りのみかんが刺さっている。

――はい。傷《いた》んでしまいましたので、捨てるよりはと。見苦しければ片づけます。

――いや。……鳥は、来るかね。

――ええ。きのうはメジロを見ました。

――そうか……。

外はまぶしかった。祖父の目じりのしわが、きゅうっと深くなった。

ただそれだけのできごとなのだが、雪絵の父は鳥が好きだったのかもしれない、となぜか思った。あれから祖父は、庭で鳥を見ただろうか。雪絵が置いたみかんをついばむところを。目を細めて。

高架を走る電車の窓から、鳥の目線で街並みを眺める。

優しくなどなかった。

おもちゃもブランコも、人と争ってまで欲しいとは思わなかった。

後回しでいい。いちばんじゃなくていい。たったひとつじゃなくていい。欲望のない世界は安らかだった。

密と出会うまでは。

玄関には、自分のものじゃない靴があった。来てたのか。

「ただいま」

「どこ行ってたんだ？」

「デート」

「へえ、３Ｐする時は呼んでくれ」

「相手にも選ぶ権利はあると思うぞ」

「お前でいいんなら俺もＯＫだろ」

「どういう意味だ」

その時、十和子から着信があった。

「もしもし」

『今、家？　きょうはこっちには来ないの？』

「ああ、この後会社だし――雪絵さんに訊いてきたぞ」

何だあいつかよ、と密がぼそっとつぶやいた。心底がっかりした響きだった。普通そこは安堵する場面だろう。

『それは今、いいの』

「じゃあ何だ」

『八重さんから電話があったの』

十和子の声はいつもよりひくい。

「……何て？」

『やっぱり良時さんに申し訳ないから、もう連絡を取り合うのはやめましょう、ごめんなさいって』

原因に思い当たりまくったが、「そうか」としか言えない。

『そうかって、それだけ？』

「それだけって」

『とぼけないでよ』

もう一オクターブ下がる。正直怖い。

『急にあんなこと言い出すの、おかしいもの。分かってるのよ、密のしわざでしょう？』

「密がどうしたって？」

『密が何か言ったに決まってる。女たらしのくせに女嫌いなんだから』

「的を射た表現だな」

『感心してないで、代わって』

「え？」

『どうせそこにいるんでしょ？　人の数すくない友達を切ってくれた恨みは大きいわよ』

名前が出てからずっと良時を注視していた密が人差し指を交差させて×をつくる。いないって言え、のサイン。

「いや……」

『匿《かくま》うつもり？　さっき声聞こえてたんだから』

「ええと……本人の携帯にかけろよ」

『そう。妹より密が大事なのね』

「何言ってんだ」

密はさっさと寝室に逃げ込み鍵までかけてしまった。妹は妹で、どうしても良時から突き出させたいらしい。何だこの板挟みは。どうやってわがままなんかぶつけろって？

これはもう、こういう人生なんだろうな。

いいんだけど、何でも。傍にいてさえくれるのなら。

ぬくめどり

鍵の開く音を夢うつつに聞いた。密がやってきたらしい。深夜二時過ぎ、良時は夜が明けたら午前からのシフト。というわけでそのまま眠っていることにした。出入りは自由だけどもてなさないルールはお互い様なので。

目を閉じ、再び眠りの中に頭を突っ込もうとしていたら、上掛けがめくられて空気が入ってくるのを感じた。

そして。

「……つめたい！」

「こんばんは」

「こんばんはじゃないよ」

無造作に絡みついてきた密の素足の、冷えていること。春から初夏への移行期なのに、何だってこうも低温なんだろう。

「入ってくるな、寒くなる」

氷をくるんだような足を良時は邪険に蹴《け》り出す。

「何だよ、あっためろって」

「ほかを当たれ」

「つめてえ男だな」

「文字どおりにお前だよ。あした早いんだ、勘弁してくれ」

ごろりと背中を向けると、密は案外あっさり離れていった。こちらの起床時間を慮《おもんばか》ってくれたわけはないので、はなから「起こしたかった」だけなのだろう。はた迷惑な。

ついさっきまで浸っていたまどろみの感覚を取り戻そうと試みたが、突然の襲撃で覚醒させられた神経はなかなか沈静してくれず、枕をずらしたり寝返りを繰り返したりしても、睡魔は戻ってこなかった。これは、一言苦情を言わなければ。

「おい」

リビングに行くと密はひとり勝手に酒盛りをしている。もらいものの焼酎《しょうちゅう》と氷と水とお湯。豪勢じゃないか。

「へんな起こし方してくれるから、眠れなくなったじゃないか」

「眠りが浅いのは年のせいだろ」

反省や謝罪を期待しちゃいないので、隣に座って寝酒を注入することにした。壁のカレンダーがふと目に入る。

「……ああ、きょう、八十八夜なのか」

よく十和子につき合って「茶摘《ちゃつ》み」の手遊び歌を繰り返したものだった。いやじゃなかったが、女の子はどうしてこんなことが楽しいのかと、内心で疑問だった。

「ついこないだ桜が咲いたと思ったのに、早いな」

などとうっかり洩らせばまた加齢論に帰結させられるのかと思いきや、密は「はち」とつぶやく。

「夜と八が似てるって、昔、梅津時比古《うめづときひこ》が書いてて、なるほどって思ったんだよな」

「夜と八？」

「『night』と『eight』、『nuit』と『huit』、『notte』と『otto』、『noche』と『ocho』」

「もともと、同じような言語から派生してるからじゃないのか？」

「まあね。でも日本語でもどっちも『や』って読めるだろ。八十八夜って、夜だらけだなと思ってさ」

「どんどん短くなっていくけどな」

「そう」

密はゆっくり口の端を引き上げてメガネをローテーブルに置いた。

「……だから、急がねえと」

飲みかけのグラスから氷を含んで、顔を寄せてくる。つめたい塊がふたつの唇《くちびる》の狭間《はざま》を往復する。温められ、冷やされ。押しやられ、手繰り寄せられ。焼酎の味はすぐになくなってしまう。すっかり縮んだ氷を密が引き取ると、良時をソファに寝かせて腰の上にまたがった。良時は肘掛けに浅く背中を預け、されるがままになる。

パジャマのボタンを上からひとつひとつ外し、上半身をはだけさせて指先で落書きするようにつっと撫でる。そしてその後を、氷を挟んだ唇でなぞっていった。

「っ、」

背中がぞわりとして、でもさっきみたいにはねのけたくはならない。身じろいだ拍子に、膚《はだ》にごく浅く留《とど》まった水が、肋骨《ろっこつ》を伝うように落ちていく。そのまま下腹部のきわどいところまで辿《たど》ると顔を上げ、濡れた唇を舌で拭う。いやに生々しく朱《あか》かった。

そして今度は湯の入った耐熱グラスを軽く呷《あお》り、同じルートを熱で進む。ゆっくりゆっくり、慎重に口唇《こうしん》から湯をにじませながら。

「ん」

冷感で粟立《あわだ》った肌には必要以上に熱く感じられ、じんじんしびれるようだった。両極の刺激で良時を翻弄《ほんろう》すると再びくちづけで口内をかき混ぜる。舌や口蓋《こうがい》はぽかぽか気持ちがよかった。良時の体温で湯の熱が均《なら》されると、生温かい舌で濡れた上肢《じょうし》を這《は》い回る。変化に敏感になった皮膚をぬめる粘膜で覆われ、吸い上げられれば身体の内側から発熱していく。水分と唾液《だえき》を一緒に啜《すす》られると、自分の一部も溶けて密に吸収されるような気がした。

「……どこで覚えてくるんだ、こういうのを」

「企業秘密」

予想どおりの答えとともに脇腹を甘噛みし、にやっと笑う。

「朝、早いんだっけ?」

「おい」

「勘弁してくれ、だっけ?」

「勘弁してくれ」

「何が」

「ここで生殺しはないだろ。……悪かったよ、邪険にして」

「眠い時は適当にあしらっといて、やりたい時だけご機嫌取るとは、実に即物的な男子の鑑《かがみ》だね」

非難は口だけで、密は満足げだった。

「愛してるよ密」

「反省が足りねえな」

いや、そもそも俺は悪くないだろう。けれど誰かさんと違って争いを好まないたちだ。うやむや、という、これまた男の得意技を行使すべく、指で密の唇をこじ開けた。歯を立てられる程度の覚悟はしていたが、やわらかく舌が絡んでくる。ふやけるかと思うぐらいまで口《こう》腔《こう》で遊ばせながら、腰の位置を合わせて服をずらし、性器を一緒くたに高める。

「あ――」

口内で指が、甘く絞り上げられる。舌を挟んでこすり、唇の裏側をくすぐり、愛撫《あいぶ》で返すとくちゅくちゅ鳴き声みたいな音が立った。

「ん、っ……」

潤った指を引き抜くと、生き物みたいに懐く舌は密の身体を離れてついてきそうだと思う。体温でほとびた異物を、身体の後ろに差し入れる。

「あ、あ」

前を扱《しご》くリズムと合わせて小刻みな抜き差しを徐々に深くしていった。滑りを借りて開かせたはずのそこが、ゆっくり確かに、内へと導く呼吸を始める。

「……っ、あ――」

良時の上で、密が腰を揺らめかせる。性器をこすりつけるのが気持ちいいのか、内壁を指にこすりつけるのが気持ちいいのか、薄い皮膚の下で脚の付け根の骨が浮き上がってはまた、沈む。そのなまめかしい硬さ。

「密」

興奮をにじませる先端をくじるように追い上げながらささやく。

「はめたいか?」

「……何でわざわざ、猥雑《わいざつ》な表現を選ぶんだ」

「燃えるから」

「難儀な性癖だな」

「よく言うよ」

同じぐらい張り詰めた良時の性器を握って「はめたいだろ？」と繰り返す。

「はめたい」

根元まで飲み込ませた指で内部を探りながら答えた。

「夜明けまではめさせてくれ」

「よーしいい子だ」

「お前が言うのか」

「問題あるか？」

「いや」

密が屈《かが》み込んできて、額にキスをする。触れる素足が、もうつめたくないことに気づいた。

「鳥が、小鳥を巣に持っていって暖を取るっていうのはうその話なんだっけ？」

寒い冬、食べるためではなく、冷えた脚をひと晩羽毛で暖めるためにさらう。翌朝には解放してやり、小鳥が逃げた方角ではその日一日狩りをしない——うそというよりおとぎ話かな。

「与太話だな」

密は鼻で笑った。

「巣に引き込んだなら、骨まできっちり食べてやるのが捕食者の情だろ？　オチを間違えてる」

一理ある、ような気がしてしまう自分もだいぶ食われてるな、と思った。身体じゃなくて頭を。

「……まあいいか」

「今さら観念したか」

「百回目ぐらいのな」

温もり以上の熱を与えるのがお役目だと自覚しているので、きつく抱きしめて全身で求める。夜はどんどん深くなる。

you belong to me

[you belong to me]

author's comment

雑多な詰め合わせ本。
ちょっとしたおまけ気分で「オールディーズ」を書いてみたのですが、
年齢差がしゃれにならない感じが浮き彫りとなりました。

風味絶佳

通常国会は何とか予定どおりに会期末を迎え、碧《へき》の仕事はひと段落したが西口《にしぐち》はあまり変わりないようだった。党本部や政治家にあたって記者会館に詰める日々。

親に頼まれた中元の手配をしに百貨店を訪れ、地下の食料品フロアを何となく冷やかした。ぶらつきながら、数日前に会った時、西口がすこしやせて見えたのを思い出す。

基本的にいかなる「バテ」とも無縁な印象だが、不規則かつ長時間拘束の勤務、クールビズの許されない服装コード、室内外を行ったり来たり……と考えると体調を崩さないのがふしぎなぐらいだ。いっそもうすこし仕事が嫌いだったらいいのに、とすら思ってしまう。もっともそうなら、好きになっていたのかどうか。

鮮魚売り場を通りかかると、身を裂かれたうなぎが氷の上に並べられていた。ああ、旬だな、とふと足が止まる。嫌いじゃないけど、高いし、自分だけが食べるためならわざわざ買う気にはならない。うなぎとの距離はそんな感じだ。しかしそのタイミングで西口からメールが入った。八時ごろには帰れそう、とある。いつもよりだいぶ早い。

田舎《いなか》から送ってきた夏野菜があるので、夜はトマトやらなすやらきゅうりやらたっぷりさいの目に刻んで、しそをきかせたそうめんでも作るつもりだったけれど、遅くならないのならちょっとこってりしたメニューでもいいのかもしれない。そもそも碧の好みは野菜や白身の魚に偏りがちで、外食よりずっとおいしいと西口は褒めてくれるが、いつもいつも淡白なのも味気ない。

色々考え、結局、うなぎを一尾買って帰った。

西口が風呂《ふろ》から上がるタイミングで皿を並べる。

食卓につくと、西口はぱちぱち瞬きをした。

「うなぎ、お好きじゃありませんでしたか」

好き嫌いはない、と聞いていたのだけれど、その面食らったような反応に若干不安になる。それとも、わさびじょうゆで食べてもらおうと思って白焼きにしたのがよくなかったのか。かば焼きが正解だったかも。

「いや……好き」

「よかった」

「碧」

「はい？」

「えーっと……何て言うのか、コンセプチュアルなメニューだなと思って」

「何がですか?」

「いや、あのー……」

なぜか歯切れが悪い。

「俺に不満っていうか、言いたいことがあるのかなって」

ビールをグラスに注ぎながら、カウンターに並べた夕飯を改めて眺める。

夏野菜のマリネはいいとして、うなぎの白焼き、とろろとおくらとゴーヤの和《あ》え物《もの》、牛のレバーとプルーンの煮物、しじみ汁。

「……あ」

西口の言わんとするところを理解して、泡がふちからこぼれた。

夏に負けないように、と思ったのだ。ただそれだけだ。しかし「滋養」は大概「強壮」とセットで、精のつく、という言葉には色んな意味が——。

「違います」

空になった缶をたんっと置いた。

「そういう意図はありませんから」

「そういうって?」

碧の動揺がよほどおかしいのか、西口は笑いながら尋ねる。

「だからそういう冗談は好きじゃないって」

「だからそういうって何だよ」

「もう……僕はただ、西口さんが毎日頑張ってるので、」

「うん」

にわかに真顔をつくって頷《うなず》いた。

「頑張るよ、俺」

「だから違います」

「うんうん」

その晩は口を酸《す》っぱくして「三十回噛《か》んで下さい」と指導しなければならなかった。

セシルのブルース

原付にまたがって十分も走れば、「ビル」と呼べるような建物は視界に存在しなくなる。田園風景だ。日本の、オーソドックスな田舎にちょっとだけ南国のテイストがある。エキゾチック、とまで言うと大げさなのだけれど、どこか甘やかな大雑把さみたいなもの。この感じは好きだ、と思う。正確には好きだと思おうとしている。

目的地の付近にさしかかると、「目的」のほうから近づいてきた。ユニフォームを着た少年の群れ。数えなくてもきっかり九人だと知っている。ビニールハウスの間を縫って走る彼らは自分を認めると「す・み・れ・ちゃーん！」と大声で手を振った。

「やめて、恥ずかしいから！」

停車して注意したが、全員が示し合わせたように下品なフィンガーサインを突き出し、足踏みしながら「やらせろ！」と騒いだ。人の話を聞け。

「甲子園《こうしえん》に行けたらねー」

「まじで！」

「まじまじ。全員まとめて相手してあげる」

半ばうんざりして答えると口々に動物みたいな歓声を上げて猛然とダッシュし始めた。やる気を出してくれるのは結構だけど、近隣住民に一体どんな人間だと思われているのかと想像すると、ため息が出る。

全国紙だなんて聞こえはいいが、それが通用するのはせいぜい中都市圏までだ。地方にくればご当地の新聞が圧倒的なシェアを誇っている。それはこの勤務先でも変わらない。年に一回、販売に力を入れてアピールできる時期が夏の甲子園シーズンだった。地元の高校が活躍すれば、いくらでも記念に記事をとっておきたくなるものだから、たった一カ月でも契約は増える。数年ぶりの高校野球取材でまたルールブックを引っ張り出してにらめっこすることになった。

新人の頃は付け焼き刃なりにスコアもつけられるようになっていたのだけれど、基本的に野球に興味がないから忘れてしまっている。幸いというか、支局長も赴任したての記者に配慮してくれたらしく、メインで担当することになったのは部員九人ジャスト、弱小中の弱小校だった。これで地方予選を勝ち抜こうものなら奇跡よりは過《あやま》ちと呼びたい。

どうしてわざわざ取り上げるのかというと、ナイン全員が三年生でこの夏が終われば野球部はお取りつぶしがほぼ決まっているから。最後の夏。陳腐だけれどその手の美談が求められる。特に甲子園という題材には独特のセンチメンタルが漂っている。

来客も職員もごっちゃに使う駐車場に原付を停め、職員室にあいさつに行った。

「こんにちは。佐藤《さとう》です」

「ああ、どうもどうも」

強豪校ともなるとプロ並みの采配をふるって「名将」と称される監督がつきものだが、ここには当然存在しない。広島カープのファンだという四十がらみの英語教師が名目上顧問をしているだけだった。

「今、あいつらランニング出ちょりますが」

「さっき会いました」

「はあ、また何ぞ失礼なこと言うちょりませんでしたか」

「慣れてますから」

否定せずにっこり笑うとやや鼻白んだようだった。

「東京でばりばり働いちょった人は肝《きも》が据わっとるき」

「あはは」

実際そのとおりで、望まずとも耐性をつけられてしまったので、子どものちょっかいごときであたふたするかわいげなんてどこへやったか分からない。

ただ、こんな田舎にも悪評が広まっているのにはすこし驚いた。

——おねーさん、東京で、偉い政治家とヤッて飛ばされたが？

こんな僕ちゃんたちが知ってる以上、大人《おとな》にも知れ渡ってるんだろうなあ、と思った。というか、大人の口から伝わった可能性が高い。ショックじゃなかったといえばうそになるが、土台新天地で帳消し、なんて甘い考えはなかったし、腫《は》れ物みたいに扱われるより馬鹿丸出しの素直さで訊《き》かれるほうが開き直れて気楽だ。

「えーっと、今年で最後の夏を迎えるわけですが、後輩がいたらこんなことがしたかったという、心残りみたいなものは何かありますか？」

練習が終わった後インタビューを試みると「決まっちゅう」と力説された。

「後輩らおったらパシリぜよ。荷物持ちも、用具の手入れも、グラウンドの整備もさしたに」

「そうよ、楽できたが」

「あっそ……」

美しい物語を期待するのは大人の勝手だ。しかしここまで本音を全開にされると一行も記事にできない。ぎりぎりの拡大解釈で「色んなことを教えてやりたかった」ぐらいだろうか。メモを取る字も自然と雑になる。

「それよりすみれちゃん、大会終わったらデートしちゃる」

「何で上から言うの」

「えーじゃいか。彼氏おらんやが」

「大きなお世話」

ひとりぼっちだからって、いがぐり頭に眉毛《まゆげ》だけやたら細く整えてあるというけったいなお子さまに言い寄られる筋合いはない。
デートデート、と騒ぐのをはいはいと適当にあしらってその日の取材を終えた。

夜、家に帰ると新聞のスクラップに取りかかる。ローカル記事と国政。泊まり当番の日を除けば深夜拘束はなくなったので、皮肉にもというか、肌《はだ》や身体《からだ》の調子はすこぶるいいのだった。空気と水のおかげもあるのだろう、生理痛まで軽くなってびっくりした。

でも、夜早く帰れるというのは仕事がないということでもある。夜遊びする心当たりもなく、友達もいない。ないないづくしだ。歓迎会やらで連れていかれた居酒屋は、数回通ったら常連扱いされそうだったので足が遠のいた。

いついかなる時間帯でも、無名のひとりとしてふらりと立ち寄って空腹を満たしたり足を休めたりできる場所が東京にはいくらでもあったのに。離れてみると自分がどっぷり都会に依存していたのがよく分かる。ネオンがなくても寂しくないが、カフェや本屋やコンビニの灯りは恋しい。

臥薪嘗胆《がしんしょうたん》、捲土重来《けんどちょうらい》。目標は大事だけど、いったいここで何を積み重ねれば政治部に戻れるのか。高校野球とか台風とかウミガメの産卵、じゃないのは確かだ。スクラップブックをぺらぺらめくる。「西口諌生《いさみ》」の署名が何度も目に入る。夜が長いのはいやだ。色んなものが削《そ》げてとてもシンプルな現実が切り立ってくる。

私は、好きな人に選ばれなかったんだ。

ただそれだけのこと。いっそもっと突き詰めて、陶酔でも自己憐憫《れんびん》でもいいからぱーっと泣いてしまえばすこしは楽になれそうなものなのに、こういう時に限って涙腺《るいせん》は機能してくれない。冷えたラードみたいなべとべとした物思いが胸を塞《ふさ》ぐばかりだ。今でも碧を、ちっとも嫌いじゃないのがいっそう苦しい。殴《なぐ》り書きの取材メモを見返すと、あの、速記という奇妙な文字を思い出す。

——西口さん、このテーブル好きですよね。何で毎回ここなんですか？

——お前、見たことない？　このへんに座ってる若い男の子。職員だろうな。いっつもすげえうまそうな弁当食ってんの。

——へえ。それが？

——いや別に。どうってことはないんだけど、何でか見ちゃうんだ。毎日ひとりで、黙って弁当食ってさっと帰っちゃうのを。

——そんなに目立つ人なんですか。

――いや、むしろ逆。だからふしぎでさ。

何でかなあ、って笑ってた。きっともう決まってたんだ。あの頃から、言葉も交わさないうちから。

あの人だって。

私じゃないいんだって。

髪を無造作にかき上げる。ずいぶん伸びた。美容院ひとつ、見つけられていない。

地方予選は、予想どおりというか、一回戦で負けた。でも案外いい試合で、途中からは公然と大声を上げて応援してしまった。取材する側が片方に入れ込むのは褒められたことじゃないと分かっていたが、つい熱が入った。

同じ高校生なのに、この子たちと全然違う景色を見る子がいる。美しい芝生の、大きなスタジアム。かげろうの揺らめくピッチャーマウンドと、大歓声。ブラスバンドが高らかに奏でる応援。涙も笑顔も日本じゅうのニュースになって。

それが、ほんのひと握りのひと握りに許された特別な眺めだと、あなたたちがいちばんよく分かっているだろう、でも、でも私は見た。漫画やグラビア誌に混じって部室に積まれた、ぼろぼろの「週刊ベースボール」。

ダルビッシュがどんなにすごいのか、自分の身内の話でもするように興奮しながらいきいきと語ってくれた顔も。

皆が知らなくても私は見た。新聞の一面も社会面も飾れない、ちっぽけな物語を。

選ばれるために努力をしつくしたなんて言えないし、しようとも思えなかった。そこまでじゃないんで、と自分に言い聞かせて、傷つくのはいやだと最初から諦めながら。でも、本当は。

九回裏、サヨナラの打球が粗末な市営球場の左中間へ抜けていき、ぽてんとバウンドした瞬間に巻き上がったささやかな砂けむりが目にしみたような気がして、泣いた。

この子たちも今失恋した、と思った。恋は、人が人にだけするものとは限らないから。振られちゃったね。好きだったのにね。誰かに誇れるかたちじゃなかったかもしれないけど。

それでも、好きだったんだ。

あんなにからからだったのがうそみたいに涙が止まらなくなって立ち尽くしていると、礼を終えた泥だらけの子どもたちが困ったような幼い顔で取り囲む。

「すみれちゃん、ごめん」

「泣いたらいかんぜ」

「甲子園は無理やが、桂浜《かつらはま》なら連れてったるき」

「そうじゃ。今から行くぜよ」

「気持ちだけ、ありがとう」

目をこすって笑った。

「……戻って原稿書かなきゃ」

記事を仕上げて、夜になったら短い手紙を書こう。地元の、いい匂《にお》いのする文旦《ぶんたん》と一緒に送ろう。次の休みには髪を切ろう。もうすぐ夏だから、うんと短く。自分でじょきじょきやっちゃえばいいんだ。失敗しても笑ってしまえ。


お元気ですか？　私は元気です。

いつかまた、笑顔でお会いしましょう。

夏のロビンソン

　このへんてスポーツジムあるかな、と不意に圭輔《けいすけ》が尋ねたのだった。

「プールついてるとこ」

「泳ぐんですか？」

「うん、ちょっと」

　圭輔は一枚のチラシを机の中から取り出してみせた。

「今度、これあるだろ」

「ああ――」

「新世界維港泳《サンサイガイワイゴンウィン》　NEW WORLD HARBOUR RACE」と書かれている。水面やキャップ、ビル街を映すゴーグルのデザイン。十月に維多利亜港《ヴィクトリアハーバー》で約三十年ぶりの遠泳大会が行われる、というのは知っていた。

「先輩、出るんですか」

「取材かねて。体験記つーか」

距離はおよそ一・八キロメートル。参加希望者は事前に一・五キロのテストを行うらしい。

「ブランクあるし、海泳ぎって俺、あんましたことないから。二キロ弱だから大したことないけどちょっとジムで身体つくろうと思って」

プール泳ぎもほとんど経験のない一束《いちか》に、その距離の実感はわかない。自分だったら浮き輪つきでもごめんだなと思うだけだ。

「分かりました。探しておきます」と言った。

「俺はジム行ったことがないんで、何カ所かリサーチしてピックアップします」

「うん、とりあえず泳げさえすればいいから。トレーナーとかいらないし」

圭輔が遠泳にエントリーすることを知ると、美蘭《メイラン》は「大丈夫なの？」と眉をひそめた。

「おすすめしないけど」

「万が一溺《おぼ》れても、皆見てるんだから助かるよ」

「そうじゃないわよ。私が言ってるのは水質の問題！　大腸菌とか」

「基準値クリアしてるからこそ開催するんだろ」

「アテにならないわよ。お腹《なか》壊すんじゃないの？」

「スターフェリーの航路みたいな色合いだったら尻《しり》込《ご》みするけど、結構きれいだったよ」

コースは維多利亞港の東端、三家《サンカーチュン》村埠頭《ふとう》から鯛魚涌公園《クォーリーベイパーク》までをうねうねと蛇行するルートになる予定だ。

「取材だけならわざわざ参加してみなくてもいいでしょうに」

物好き、と呆《あき》れる美蘭に笑って答えた。

「そりゃ、このために水泳そのものにチャレンジするんなら酔狂な話だけどさ。元々そこそこ泳げるんだし、どうせならリアルに体験してみたいって思うのが当たり前じゃないか？」

「最前線が好きなのね」

美蘭がからかう。

「ジャーナリスト魂かしら」

「野次馬根性だよ」

いっちょかみってやつ、と謎の日本語を伝授してきて、一束は美蘭と顔を見合わせた。


それで、一束が目星をつけた中環《セントラル》のジムに週二日ほど通い始め、またそこでも新しい友人をつくったりして、けっこう楽しそうだ。目的であるところの水泳大会が終わっても続けるだろう。もともと、一束と違って身体を動かすのが大好きなタイプだから。

「大阪の、道頓堀《どうとんぼり》って知ってる？」

「名前ぐらいは」

あの、ネオンがすごいところ、と答えると「そうそう」と嬉《うれ》しげに頷いた。

「ちょっと香港《ホンコン》ぽいんだ。友達は新宿《しんじゅく》のほうが近いって言うんだけど、なんか、よくも悪くも臆面《おくめん》のない感じが。あっけらかんとしてるっていうか、気がつけばこんなにぎらぎらしちゃってましたみたいな」

「ちょっと分かるような気がします」

「ほんと？　その、道頓堀でさ、水泳大会しようって話が何年も前から持ち上がってるんだけど、未《いま》だに実現してない」

「どうしてですか」

「金の問題もあるんだろうけど、やっぱ一番には水質じゃないかな。あそこで泳ぐのはかなり勇気いるよ」

「でも開催されたら行きたいですか？」

「いやー……」

満更でもなさそうだ。

「俺に気を遣わないで、もっとジムに通い詰めてもいいんですよ」と一束は言った。

仕事の後の時間をあてるということは、ふたりで過ごす時間がどうしても減るということで、しかし一緒に運動するとかは考えられない。

「え、何でだよ」

重なってきた圭輔が心外そうに洩《も》らす。

「比べるようなもんじゃないだろ、習いごとなんて。一束と一緒にいられるほうが重要に決まってる……そんな、のめり込んでるように見える？」

「充実して見えます」

それに、何ていうかこう。裸の肩に手のひらを滑らせてつぶやいた。

「つやつやしているというか……」

「犬の毛並みみたいに言うなよ」

つやつや？　いきいき？　一束はオノマトペがちょっと苦手だ。

「でもそんな感じです」

「気のせいだよ」

と圭輔は、一束にそれ以上の雑談を許さなかった。

短い髪に指を差し入れる。水の匂いがこぼれ出てくる。もちろんジムでシャワーを浴びているだろうし、気のせいかもしれない。でも海水とも水道水とも違う、鼻の奥がつんとなるようなプールの匂いが鮮やかに広がった。

すぐ隣の身じろぎが、眠りの継ぎ目みたいなのと重なったらしい。大した振動でもないのにタイミングが合って、ぱちっと目が覚めてしまった。

「……先輩？」

圭輔が上半身を起こし、右肩を押さえる仕草をしていた。ベッドランプのうす明かりにでも、すこし顔をしかめているのが分かる。

「一束」

けれど声をかけるとすぐに笑顔をつくって頭を撫でてきた。

「起こしたか？　ごめんな」

「……痛むんですか？」

「うーん」

曖昧《あいまい》に小首を傾《かし》げるばかりなので心配になって起き上がる。

「うーんじゃないですよ、痛むんならペース落としてください。そもそも美蘭の言うとおり、参加しなくたって取材はできるでしょう」

「いやいや」

のんきに苦笑してみせるから、なんだか腹が立った。そんなに泳ぎたいのか？

「痛いっつーか、いや、痛いんだけど、何か、現実じゃない感じ？　腫れとか熱もないし……あれだな、何年かぶりにまともに泳いで、身体が、痛みを思い出して痛がってるみたいな。分かる？　気のせいってわけじゃないんだけど」

「全然分かんないです」

仏頂面《ぶっちょうづら》で返したが若干合点《がてん》はいった。ジムに行った後の圭輔が普段とはすこし違って見える理由。

何年も前、水泳に打ち込んでいたころの圭輔に、時間が巻き戻ってるんだと思った。水になじみ、水に捧げられていた身体の記憶で。頭と違って考えないから、とても素直にストレートに。目の前の、いかつくはないけれどきっちりと筋肉のついた男の身体をその時急にいじらしく、あわれにさえ思った。もう戻れないって、知らないんだ。

肩口にそっと、唇《くちびる》を押し当てると圭輔の言うとおり、特別に熱くなったり強張っていたりはしなかった。

「最初は、ごまつぶみたいな違和感だった」

圭輔が言う。

「それがちょっとずつ大きくなって……痛みの小石が入って、動かすたびにごろごろするようになった。毎日、きのうより調子いいかも、悪くなったかもって一喜一憂して。……鍼《はり》とか低周波治療とか、色々試してみたけど、騙《だま》し騙し使っていってもいつか終わりはくる。失敗覚悟で大きな手術をするかっていう選択に直面した時、思っちゃったんだ。もし成功しても、こうなる前みたいに何も考えずに無心で泳ぐのは無理だ。俺はそこまで強くないって」

自らの故障について詳しく話すのは初めてだった。

「完治したって誰に言われても、あの、起きたら筋肉の間に砂が入り込んでた、不安な朝の気持ちを忘れることはできないって。……へんな話だけど、冒険を迫られるほど特別な選手じゃなかったから、それに救われたと思う。単純なパワーとスタミナのピークはもう過ぎて、後は技術とかレースの駆け引きでどう成長していけるかってところだったし……ま、それでフォーム弄《いじ》ったりしたから痛めたんだけど」

うずくまるように寄り添いながら、一束は何も言えないでいた。ひとつごとに打ち込んだ経験も、奪われた経験もないから。圭輔のことさえ、変わらず思い続けていたといえばうそだ。空っぽだな、と思う。人としてすかすかしている。

圭輔は、一束が困っていると思ったのだろう。「ごめんな、いきなりへんな話して」と言った。

黙って首を横に振る。

圭輔がジムに通い続け、エントリーも無事すんだ本番の一カ月半前。美蘭が「海に行きましょうよ」と提案した。

「プールでしか泳いでないんでしょ？　ちゃんとリハーサルしなきゃ」

「ハーバーで泳いだら怒られるんじゃないか」

「コースまで一緒じゃなくていいんだから。南丫《ラマ》島に行きましょ」

「島？　離島ってこと？　何か大がかりだなあ」

「中環からフェリーですぐよ」

「そうなの？」

　緑に覆われた、十五平方キロ足らずの小さな島だ。といっても香港では三番目に大きい。香港で最初に人間が暮らし始めたところでもあるらしい。交通の便がいい割にのどかだから、がちゃがちゃした喧騒《けんそう》を嫌う欧米人がよく住宅を構え、香港人のリゾート地としても人気がある。

「皆で行きましょ。大勢のほうが楽しいわ。適当に声かけるから。ね、一束」

　一束に話が及ぶと圭輔は「でも」と口を挟んだ。

「一束は……」

「泳がないけど、先輩が行くんなら行きますよ」

「教えてもらえばいいじゃない」

「別にいい」

「せっかくなのに、ねえ？」

「いや……」

圭輔は歯切れ悪く口ごもる。その迷いの理由にぴんときて一束は「いいんです、傷のことなら」と耳打ちした。

「……そうなのか？」

「別に、今さら人に見られてどうこうなんて思わないですよ。痕《あと》が残ってるだけですし、子どもじゃないんで」

「ほんと？」

「ちょっと、人がいるとこでこそこそ内緒話しないでくれる？」

美蘭が文句を言いつつ「いつにする？」と楽しげに携帯のカレンダーを開く。


ＩＦＣモールの前にあるフェリー乗り場から南Ｙ島へ渡る。香港島の南をぐるりと回り込んで三十分。

「色んなとこに行く船があるんだなー」

圭輔は子どものようにフェリーの窓に張りついて景色に見入っていた。

「これからまだ、たくさん、知らないとこに行けるんだな。そっかー島いっぱいあるもんな、全部行ってみたいなー」

「無人島も多いですよ」

榕樹湾《ヨンシューワン》の船着き場から、島の目抜き通りを三十分ほど歩く。名物のシーフードレストランや商店、買い食いのできる屋台。もちろん繁華街のにぎわいと比べるべくもないが、人の姿は多い。高層マンションの建ち並ぶ都心部と違って、一軒家ばかりだ。

「香港でこんなに一戸建て見たの初めてかも」と圭輔がつぶやく。わさわさと緑がしげっているのは変わらない。

視界が開けたと思えば、そこはもう洪聖爺海灘《フンシンイェンビーチ》だ。

「一束、あれ何？」

湾の右手奥に見える建物を指して圭輔が尋ねる。

「発電所です」

「へー、香港のネオンはあそこからきてんだなー。何か感慨深くない？」

「考えたことなかったですけど……」

すこしも気が合うわけじゃないのに、こういう圭輔を見ていたら楽しいっていうのはすごいなとちらりと思う。

総勢十人ちょっと、男女比はほぼ半々だった。水着に着替えた圭輔を見て、美蘭が真っ先に「あなた、さすがにいい身体してるのね」と感心してみせたのは、ほかの女の子たちをけん制してくれたのだと思う。ぺちぺち二の腕を叩《たた》かれて圭輔は「セクハラすんなよ」と言った。

「そんな、ボードショーツみたいなぶかぶかの穿《は》いて……競泳用のは？」

「恥ずかしいからやだ」

「選手だったんでしょ？」

「昔の話。……一束、助けて」

腰《こし》のゴム部分を引っ張られて笑いながら後ろに回り込んでくる。

「一束は着替えないの」

「これでいい」

もとより水に入るつもりもないし。今日だけのために水着を買うのは無駄なので、少々濡《ぬ》れてもいいようにハーフパンツにパイル地のパーカーだけ羽織《はお》ってきた。

「私のパレオでも貸してあげましょうか？」

「いいよ。お腹隠すのに必要なんだろ」

「最低！」

「まーまーまー……」

圭輔が美蘭をなだめながら波打ち際へ向かう。一束は「荷物見てるよ」とレジャーシートに戻った。

パラソルの下からぼんやり眺める海辺は、すこし褪《あ》せた映画のフィルムみたいだった。弾《はじ》ける光だけが強烈で、歓声も潮騒《しおさい》も水平線も平面じみて現実味がない。泳ぎに来たはずなのに男連中はビーチフラッグに夢中で、圭輔が砂まみれになってスライディングし、旗代わりのストローを得意げに掲げて笑っている。もちろん美蘭以外は日本語を話せないが、意思疎通が満足にできなくても楽しそうだった。

そのうちに女子勢がしびれを切らしたのか、腕を取って波打ち際へと誘う。目で追うのをやめ、クーラーボックスにもたれてうとうとまどろんでいると、ざくざく、と砂を踏みしめる足音が近づいてきた。

「ほんとに泳がないの？」

髪の先から海水を滴《しただ》らせて美蘭が覗《のぞ》き込む。

「うん」

隣にバスタオルを敷いてやると「ありがと」と座ってボックスからセブンアップを二本取り出し、ひとつ一束に手渡した。

「彼、もてるのね」

「そうだね」

こうして遠巻きにしているほうが、人間の心はよく分かったりする。ちらちら見てるのが三人、熱心なのがひとり。女だって、男と同程度には身体の造作に欲情するのだろう。

「日本語教えてってしきりに食い下がってるわよ。この人恋人いるからって一応釘《くぎ》は刺しといたけど」

「ありがとう」

素直な感謝を込めたつもりだけれど、今ひとつ伝わらなかったようで「他人事《ひとごと》ね」と呆れられた。

「うん、絵に描いたような光景すぎて実感がないのかもしれない」

「どうするのよ、断りきれずに引き受けちゃったら」

「それは先輩が決めることだ」

美蘭は砂の上で髪の毛を絞って「相変わらず淡白なのね」と言った。

「全然気にならないってわけ？　自信があるから？」

「逆だよ」と答えた。

「僕が女の子だったら気にすると思うよ。でも男が女と何を張り合うんだ。肌？　胸？　不毛だろ」

「覚悟をしてるってわけね」

「馬鹿言うなよ、いざそうなったらショックに決まってる。無神経だな」

「さっきのお腹の仕返しよ」

「からかわれるってことはスタイルがいいんだって喜べよ。本当に言っちゃまずい相手には言わないいんだから」

「難しいわね……まあいいわ、あなたの彼氏の虫除《むしよ》けになってきてあげる」

　立ち上がった美蘭に「君こそ大丈夫なの」と訊いた。

「私？　何が？」

「招かれざる客が来てるみたいだけど」

「ああ……」

　諦めたように肩をすくめる。

「メール、誰かから回っちゃってたみたいね。まさか帰ってとは言えないでしょ、適当に無視するから平気」

「だといいけど」

　美蘭と入れ替わりに何人か「休憩」と戻ってきたので、さほど広くないパラソルを明け渡して一束もその場を離れた。海岸を散歩している犬にあれこれとちょっかいをかける。住宅事情のいい離島だから、大型犬があちこちにいて楽しい。こんな気候の土地で飼うのはかわいそうなぐらい長毛の犬種もいた。

　犬とじゃれながら、結構遠くまで来ちゃったな、と振り返ると知った顔が近づいてきていた。きょうの面子《メンツ》のひとりだが、あまり話したくない相手だ。個人としてどうこうではなく話題が難儀で、しかもわざわざひとりの時を狙ってやってくるからには向こうの用件は決まっている。

『ちょっと話あんだけど』

こっちにはないよ、と拒絶もできたが、それが美蘭に悪いかたちではね返るかもしれないので、気乗りしないとため息で示してすぐ側の木立を指した。

『暑いから木陰で話そう』

移動するなり、待ちきれないように『こないだの件、考えてくれたか？』と前のめりに尋ねてくる。

『お断り』

はっきりノーを突きつけても引き下がる気配がない。

『何で』

『無駄だし、いやだから』

『なあ、どうしても諦めきれないんだよ。こんなに好きになったの初めてなんだ』

よく言う、と笑いそうになってしまった。

『それなら浮気なんてしなけりゃよかったんじゃない？　――話はおしまい、もう戻ろう』

『待てって』

きびすを返すと腕を強く摑《つか》まれた。ああいやだ、予想どおりの展開。

『話はまだ終わってねえよ』

『僕の認識では終わってる。意味のない堂々巡りになるだけだよ』

『鳥羽《ニウジー》』

振りほどこうとしたらがっちり力を込め直された。

『痛いよ』

『待てってば』

『いい加減にしてくれ、つき合いきれない』

『なあ、頼むよ』

食い込む指の強さに顔をしかめる。

「おい」

不意に、鋭い日本語の声が割って入った。

「何やっとんねん、自分」

あ、関西弁。

言葉は分からずとも、怒りのニュアンスは伝わるらしい。腕の拘束がぱっとほどけた。

ごにょごにょ弁解しながら気まずそうに立ち去っていく背中を見て圭輔は「とっさの時に外国語って絶対出てこないな」とつぶやいた。

「先輩」

「うん?」

「何持ってるんですか」

圭輔の右手には、花切りにした半身のマンゴーがあった。不自然極まりない。

「さっきクーラーボックスから出して切ってもらったんだよ。一束見当たんないなってうろしてて……あ、でもマンゴーあんま好きじゃないんだっけ」

「いえ」と首を振った。

「いただきます」

圭輔の手の甲に手を添えて持ち上げると、さいの目に開かれた果肉にかぶりついた。鼻につくほど濃密に甘い香りが立ち込める。かすかにくせのある、南国産特有の絡みつくような舌触り。

「……おいしいです」

「うん」

口の中に橙《だいだい》の香気があふれた。犬のように手も使わず食べ切ってしまうと、べたべたになった圭輔の指まで舐《な》めた。

「一束」

「さっきの話、聞こえてました?」

「……何となく」

「美蘭が昔つき合ってたんですよ」と説明するとかすかな安堵《あんど》を浮かべた。

「とっくに別れて彼女にとっては完全に終わった話なんですが、まだ復縁を諦めきれないみたいで、仲介役を頼まれるんです」

「そっか」

皮だけになったマンゴーを持ったまま、圭輔は一束の腕を取って不意に険しい顔をした。

「指の跡ついてる」

「すぐ消えますよ」

それでも納得いかないふうに何度かかぶりを振ると、皮を地面に投げ、暑くて開けっ放しにしていた一束のパーカーのジッパーを上げた。

「先輩」

「後で拾う」

「そうじゃなくて……傷のことなら俺、本当に気にしてませんから。人に見られても……」

アホ、と初めての言葉をかけられた。

「俺が見せたないねん」

ぞくぞくしてしまった。くちづけると、舌に残った果実をこそげるようになぞられて、まっさらな舌先が触れると自分の口の中の甘さをいっそう意識する。

首に両腕を巻きつけて全身で絡み合うと圭輔が「やばい」とささやいた。

「今抱きたい」

「駄目ですよ」

マーキングする。

「分かってる」

たわむれの範囲で身体をあちこちまさぐられた。圭輔のべたついた手が甘い果物の香りを

もうちょっと遊んでく、と断ってふたりだけフェリーの時間をずらした。あまり顔を合わせたくない相手もいることだし（向こうもそうだろう）ちょうどよかった。

「先輩、結局全然泳いでないですね」

「まあそんな予感はしてたよ」

圭輔は苦笑する。

「あんま、こういうビーチでガチで泳ぐやつっていないしさ……一束」

「はい」

手を取られて、海の方に連れていかれる。

「ちょっと足つけるぐらいならいいだろ？」

「足首までなら」

サンダルと足裏の間に、するするっとやわらかな海水が入ってくる。

「くすぐったい」

「すぐ慣れるよ」

砂が体重につれてへこみ、足がずぶりと浅く埋まる。巻き上げられた粒がさらさら足の指をなぞる。音もなく弾ける波のふちのあぶく。

一束と圭輔、四本の足が生ぬるい水の中で屈折して表面の網目模様を映している。長い陽《ひ》も暮れかけ、水平線は巨大な鏡になって傾いた日を照り返した。

「金曜ロードショーのオープニングだな」

「何ですかそれ」

「分かんないかー」

こんなやつ、と口笛を吹いてくれたけど、メロディには覚えのあるようなないような。でもこの景色にはよく合う。

「前も、一緒に海行ったな」

「はい」

「こんなふうになれるなんて想像もしなかった」

「俺もです」

あたりに観光客はいっぱいいて、自分たちときたら手をつないだままだったけれど、圭輔が笑っているのでまあいいかと思った。ものすごく自由な気分だった。海岸線をどこまでも一緒に、歩いていけるみたいな気がした。

大会当日、美蘭はコース近くに停泊する観戦用のフェリーから、一束はスタート地点とゴール地点で写真を撮る手筈《てはず》になった。

「この人数じゃどこにいるか分からないわね」

船に乗る前、参加者の集団を眺めて美蘭が言った。千人近くひしめいていて、しかもそろいのキャップにゴーグルだ。

「大きな声で呼んでみる?」

「よせよ」

スタートの号砲とともに、赤い帽子がいっせいに海になだれていくさまは、上から見ていると転がる果実みたいだった。写真を三十枚ほど撮って、美蘭とは違うフェリーで対岸へ向かう。

黄色いコースロープで仕切られた海を、人の細長い群れがしぶきを上げながら進んでいく。ちょっとシュールな光景だった。ゴールについてぎゅうぎゅうの取材陣をかき分け、撮影場所を探しているともう「先頭が来るぞ」という歓声が聞こえてきた。

十五分少々しか経っていないのに、確かに、一束のあまりよくない視力でも、赤い集団がじょじょに近づいてくるのがはっきり分かる。クロールが水面を叩く音。その合奏。しずくを飛び散らせながら振り上げられるいくつもの腕。

あの中に、圭輔がいる。無人の教室からひとり眺めた遠いプールとは違う。

今ここに、目の前に、分からなくても、いる。そして圭輔は必ず自分を見つけてくれる。

「先輩」と叫んでいた。衝動にかられて大声を上げてしまった自分にすこし驚いた。夢中でシャッターを切る。

トップグループが団子《だんご》になって水から上がってきて、その片隅に圭輔がいた。

埠頭の、階段を上ったところにいる一束を見上げると、ゴーグルごとキャップを取ってぶんぶん振る。

「一束、呼んでくれた?」

「はい」

「ありがとう!」

その時の、弾けるような笑顔に、くらくらするほど好きだと思った。

合流してきた美蘭が「何だ一位じゃないの?」とばっさり言ってのける。

「あんなに練習してたのに！」

　この価値観。非常に彼女らしいというか香港人らしいというか。圭輔は困ったように眉を下げた。

「狙って狙えないことはなかったけど。いや、負け惜しみじゃなく。でもこんなテレビとかばんばん来てるとこで、プレス参加の外国人が優勝とかやっぱまずいだろって理性が働いてペース落としちゃった」

「そんなの気にすることないじゃない」

「気にするって……」

「大人ですもんね」

　一束は言った。

「うん」

　そう、ふたりとも大人になった。いつの間にか、こんなにも。


　マンションに帰ってくると圭輔はさすがに疲れたのか、ソファーにどかっと座り込んで「あー」と洩らした。

「煙草《たばこ》吸いたい。ずっとやめてたから」

「持ってきます」

机の引き出しから「中南海」とライターと灰皿を取り出し、一本抜いて圭輔の口に差し込む。

そのまま火をつけようとしたが、ライターの着火ボタンがやけに固くて親指が下がらない。

「あれ?」

「ああそれ、日本のだから。法律変わっただろ、子どもが火遊びできないようにつきにくくしてんだよ」

ほら、とひと回り大きな手が上から包み、力を加えるとちいさな火が立った。一本の煙草を交互にふかす。

「肩、痛くないんですか」

「平気」

唇をすぼめて細長い煙を吐き出した。

「……やっと本当にすっきりした気がする」

圭輔がつぶやく。

「競技のテンションとは全然違ってたのに、何でかな。水もぬるぬるしてしょっぱいし、でも、隣の人と泳ぎながらしゃべったりして楽しかった。どっから来たのとか、今魚いたよねとか……ふっと我に返るとふしぎでさ、何で俺、香港の海で泳いでるんだろって。そのおかしさがまた楽しくて……十年前の俺に教えてやりたい。こんな楽しいことが待ってるって」

「……俺も思います」

臆病で頑《かたく》なだった子どもの自分に。大丈夫。これからもっと図々《ずうずう》しくなって、色んなことが平気になっていく。傷つけてしまった大好きな人には、また会える。大好きなあの街で。離れた手はまたつなげる。一緒に夏を過ごせる。失くしたものを断ち切れなくても、また新しく始められる。見えない錠がかちりとはまり、昔と今がきれいに嚙み合ったように思えた。でもこれで全部じゃなくて、まだたくさんのパーツがあるんだろう。それが嬉しい。また迷える、また圭輔に会える。

「俺、香港に来てよかった」

圭輔がゆるりと笑う。

「ずっと思ってたけど、今、すげー思う」

「はい」

短くなった煙草を最後にすうっと一服して、卓の上の灰皿でねじりつぶした。

圭輔の肩を押して、肘掛けにもたれかからせる。

「一束？」

「……じっとしててください」

腰の上にまたがり、すこし困惑げな顔を両側から挟んで唇を寄せる。

「俺、生ぐさくない？」

不安そうに寄った眉根がかわいかった。

「シャワー浴びたじゃないですか」

「浴びたけど、やっぱプールとは全然違うから」

短い髪の中に鼻先を埋《うず》めてみる。

「潮の香りはしますよ」

「それって生ぐさいんだろ！」

起こそうとする身体を身体で遮ってキスをした。唇の端っこを舌の側面で何度もこすると圭輔も興奮して搦《から》めとってくる。深く口で交わりながら、その下をまさぐられるより先に一束から手を差し入れ、ポロシャツを一気にたくし上げた。

「え」

「疲れてるんでしょう」

「いやそんな、身動きもままならないってほどでは決して」

「いいから」

耳元でささやくと手のひらに触れる肌がかすかに揺れた。

「……動かないで」

耳のつけ根にキス。こめかみに、額に、目の下に、顎《あご》の先に。そうして手は、なだらかな上半身をするする気ままにさまよう。遮るものがなくて気持ちいい。うっとりしてしまう。この身体が好き。性欲とはまた微妙に異なる恍惚《こうこつ》だった。強いて言うなら猫にまたたび、かもしれない。張りやなめらかさや筋肉や体温を確かめる。指先は優秀なセンサーで、生身の圭輔の存在感をあますところなく教えてくれる。

「……何か」

圭輔が天井を仰《あお》ぐ。

「マッサージ屋に来たみたい」

「ぬるぬるするものでぬるぬるしてくれるマッサージですか?」

「ちーがーいーまーすー。泳いだ後だからただでさえ身体ぬくくなってんのに、気持ちよくて寝そうなんだよ」

若干、むっとしないでもない。そういう「気持ちいい」じゃ困る。

顔を伏せ、前触れなく乳首を吸い上げると「ん」と頭の上で息が短く切れた。

「おい」

「目が覚めましたか」

脇腹の、無駄のない厚みを撫でて身体ごと後ろにずれ、ジーンズのベルトを外す。前を開け、下着の上からそれをさすり、唇を押し当てた。布越しにやわらかく歯を立てて、その下でくっきりとあらわになるかたちを愉《たの》しむ。

「……っ」

耳を吐息で愛撫《あいぶ》されて高まっていく。圭輔の興奮が完全に下着を押し上げるようになると生身を露出させ、じかに含んだ。上向いた興奮を口蓋《こうがい》でこすると、自分の口もなめらかさにくすぐられて気持ちがよかった。硬直を悦《よろこ》ぶようにいくらでも唾液《だえき》はあふれてくるから、出てくるだけ昂《たかぶ》りを濡らしていったん口を離すと手でくまなく扱《しご》く。

「ん……」

摩擦の中で血管がみるみるたくましくなっていくのに欲情させられる。すぐ目の前で時折びくりと引きつる腹筋。小さな孔《あな》を覗かせる先端。

我慢できなくなってもう一度深くくわえ込み、舌と唇でもっともっと硬くさせた。口唇で全体を丁寧に啜《すす》ると、ふやけてやわらかくなるかと思うぐらいおびただしく濡れるのに、張り詰めるばかりの性器がいとおしかった。

圭輔が頭だけ起こして口淫《こういん》にじっと見入っているのが分かる。ちらりと視線をやればいつも明るい瞳が欲望にねっとりにじみ出すような湿り気を帯びていて、行為以上にその眼差《まなざ》しが、一束にふしだらな背徳感を起こさせた。

「一束」

圭輔が呼吸を荒らがせて言う。

「反対向いて。一緒にしよう」

意図するところは分かったので残らず服を脱ぎ、上半身と下半身が互い違いに向き合うかたちで上に乗った。ことの始まりに求められていたらこんな恥ずかしい体勢は絶対にできないと思うのに、こんなふうに背後の肉を割られ、身体のなかにまで舌を許してしまうなんて。

「あ……っ」

温かな異物。慎重にきつい締まりを窺《うかが》い、忍んでくる。体表と内臓の境目を繰り返し行き来されると、しなった背筋を寒気のように駆け抜けていく快感。

「ん、あっ……」

みなぎったままの圭輔をまたしゃぶろうとするのだけれど、すぐに不随意な喘《あえ》ぎがこぼれるし、舌はもつれてうまく動かせない。手でこすりながら表面をねぶるのが精いっぱいになった。

「や、ああ、っ」

潤滑にほどけた器官に今度は指を呑《の》み込まされる。求めるものには程遠いけど、長くて硬いそれはまっすぐに一束をさかのぼり性器の裏側を探り当ててしまう。

「あ！　あ、いや……っ、ん」

後ろが、ねだるように開いたり閉じたりしているのが分かる——ねだっている、実際。もっと、気が遠くなるような充溢《じゅういつ》と熱量を。

二本、三本と指を増やされた。一瞬でも強張るとすぐやわらかな舌に懐柔され、何の痛みもないのが後ろめたいほどだ。

「……っ、ああ……だめ……！」

内部で指をぐるりと回されると性感も一緒によじれ、異様なほどの興奮を一束にもたらした。粘膜は疼《うず》きにあられもないひくつきを繰り返し、触れられもしないまま性器ははしたなくよだれをこぼしている。

それを見ているだろう圭輔の欲情も、眼前で、一番生々しいありさまで分かる。反り返る性器。両手で包み、夢中になってこすりながらうわごとのように「挿《い》れて」と言った。

「挿れて、先輩、これ欲しい」

「……うん」

無理やりに熱を押し込めているせいでくぐもった声の響きがまた一束の下腹部にみだらなしびれをもたらす。

「こっち向いて……腰、下ろして」

再び正対して圭輔をまたぐと「今度は顔見えてる時に言って」とリクエストされた。

「……むり」

「何で」

「やだ、あ、あぁ――んん……」

海水にさらされていた素肌に手をついてそろそろと腰を沈める。圭輔の指はぬかりなくつながる場所を拡《ひろ》げ、いっぱいにくわえ込むふちをずっと弄っていた。

「や、ああ、あっ……」

「あ……気持ちいいのが下りてくる……」

とろりと愉悦のしたたるつぶやき。

「ん、ん、あ、いや」

挿入とは関係ないはずなのに喉《のど》まで反らしてしまう。もっと、もっと入ってきて。息の根も止まる深さまで。

隘路《あいろ》をじわじわとろけさせながら圭輔が貫いていく。完全に接合を果たすと肘はがくがくして力が入らなくなった。なかにいるだけで勝手に収縮してしまう。ソファの背もたれにすがってようよう自分を支えているのに、真下から容赦なく突き上げられる。

「あ、ああ、んっ……や、やっ」

どこに摑まる力もなくして倒れ込むように圭輔の胸に伏すと体位の変化につられてさっきより斜めに抉《えぐ》られる。

「ああっ！　あ、あぁ……」

もう一束の昂りはぬらぬら期待し続けて、おびただしい腺液をこぼし続けている。摩擦のストロークは短いけれど、奥まで重く鈍く伝わってくる、理性を押しつぶしてしまう発情。

「あ――あ、先輩、先輩、ああっ……」

力任せに腰を固定され、逃げられない格好でひたすらに穿《うが》たれた。なかでいっそう膨らむ男の質量を狭い筒がしゃぶり上げ、また大きくさせてしまう。その交歓は永久に続くように思われた。身体のいちばん奥で渦を巻く性感がうねりになって肌にのぼってきて、波と同じリズムで繰り返し繰り返し一束を遠いところへ連れていこうとする。

「や、いや……あ、あっ」

「一束、出すぞ……っ」

「ん、んっ……ああ……！」

身体の外へ放出しながら、身体のなかに解き放たれるものを味わう。間欠的に数回どくどくと注がれて、その勢いに性器の味わった快感が分かって嬉しかった。

「あ……」

一束と呼吸を合わせていたはずの胸はすぐ落ち着きを取り戻し、絶頂と同時に背中を抱きすくめていた腕が一束を支え、圭輔は何の力も借りずに上体を起こしてみせた。

「ああ……っ」

抱き合うかたちで顎の下を舐められ、舌先で乳首を弾き回される。夢中でキスをしながら、精液にまみれた後孔で未だ硬くもたげている雄を絞り上げる。もっと。もっと飲みたい。

「あ――あぁ、あ、あっ、あっ」

いったいどのくらいの音量で喘いでいるのか、自分で判然としなくなってきた。でも生々しい交わりの音は耳にまとわりついて、羞恥《しゅうち》と陶然の両方を起こさせる。

「あ、んん……っ！」

迸《ほとばし》りに突き上げられて、一束ももう一度達した。石を磨いたような圭輔の鎖骨が目の前にあって、その窪《くぼ》みに汗が浅く溜《た》まっていた。

ちいさな海に、そっと舌をつける。

spleen

ベッドに落ち着いてから——もうすることはし終えた、という意味で——碧が尋ねる。

「きょうは、政治部の皆さんと飲んでらしたんですか」

「ん？　いや、佐伯《さえき》と静《しずか》と三人」

「そうですか……」

「どした？」

「いえ——……あの、決して悪く言うつもりはないんですが、佐伯さんという方はあまりに単刀直入で……」

「ああ」

はっきり言っていいのに、くそ意地が悪いって。

「僕ならすこし構えてしまうのに、西口さんは気にせずおつき合いをしてるんだなと思って」

「昔からああだからなあ。あれで上司にぺこぺこ頭下げるやつならむかつくけど、全方位外交だからある意味裏表ないよね」

「そうなんですか」

「でも、元からエッジの利いた性格だけど最近特に鋭角な気はする。俺、何か怒らせるようなことしたかな？　まあいいや」

せっかく碧とふたりでいるのに、佐伯について考える時間なんて無駄以外の何物でもない。

「まあいいや、ですませていいんですか」

「いいよ別に。たまにしか会わないし、あいつに嫌われても俺困んないし」

「仲がいいのか薄情なのかよく分かりませんね」

「ふたりだけで会わなきゃそんなに害はないんだ。レフェリーストップが入るから」

その審判が、きょう、ちょっとへんだったのを思い出したが、それもやっぱりプライベートを割くほどの気がかりじゃなかったので頭から締め出すことにした。おやすみお前ら。


西口が「一件電話かけてくる」と中座すると、良時は隣に「おい」と声をかけた。

「何だよ」

「お前、この間から西口にあたりがきつくないか」

「気のせいじゃねえの」

「いや違う。何に機嫌損ねてるんだか知らないが、ほどほどにしてやれよ」

「じゃあ理由を教えてやる」

密《ひそか》は意味深に笑う。いつも以上にろくなことを言い出さない時の顔だ。あんまり聞きたくないが、こっちから水を向けた以上責任を取らなければならないような気がする。

「……言えよ」

「あいつが、お前と海外旅行に行ってやがったから」

沈黙。

「……それって、メキシコのことか？」

「何だ、ほかにも心当たりがあんのか」

「そうじゃなくて――」

店の隅で話している西口を横目で見ながら声をひそめる。

「もう二十年も前の話じゃないか」

「関係ねえよ。俺が知ったのがついこないだだからな」

「だからって……」

それじゃ、本当に腹を立てている相手は自分なんじゃないか。確かに、なあなあで流れていた件ではあるが。

十中八九はお戯れにしても、密の場合残りの一か二が悪質なわけで。

「くだらないにもほどがあるぞお前」

「何だよもっと喜べよ」

良時の耳を指で弄《もてあそ》びながら「かわいいとこあるだろ?」とか抜かす。どこがだ。

「執念深い」

「ベドウィンは四十年がかりで復讐《ふくしゅう》して『素早い仕事だった』って言うらしいから、俺も見習うよ」

「恐ろしいことを言うな」

小競り合いの最中、西口が戻ってきた。素早く身体を離す。

「ごめんごめん。そろそろお開きにする?」

「ああ」

良時は伝票を持って立ち上がった。

「西口、おごるよ」

「え、ありがとう、でも何で?」

「いいんだ」

知らぬが仏の同僚の肩を軽く叩き、密には「お前は払えよ」と釘を刺す。

「へえ、そうやってまた争いの種を蒔《ま》くわけだ」

「やかましい」

たった一度の飲み代でチャラにするつもりなんて、はなからないだろう。何も悪いことはしていないのに、という正論の空《むな》しさ。

「まあいいや」

これからゆっくり取り立ててやるよ、とそれはそれはあくどいささやきとともに札を差し出し、良時の指のつけ根をするりと撫でて爪《つめ》を立てた。

you belong to me

久しぶりに帰宅すると、リビングの片隅に調度が増えていた。古いレコードプレイヤーだ。

「父のよ」

買ったのか、と訊く前に十和子《とわこ》が先回りする。

「形見分けで、実家からもらってきたの」

「居間にあったやつか？」

十二月に静の家に行くと、黒い円盤からポピュラーなクリスマスソングが流れていたものだった。街中でもひっきりなしに聞かされるご陽気なメロディには正直辟易《へきえき》させられたが、十和子が自宅にいられる時には、季節や家族の行事をめいっぱい催してやりたいのだという心境に免じて文句をつけたことはない。

「ううん、あれはもっと安物。これは、父の書斎にあったトーレンス。蓄音機みたいならっぱのついたのもあったけど、さすがにかさばるから」

音の鳴るもん三つも四つもあってどうすんだか、と思いはしたが、妻の肉親かつ故人なので発言は自重する。

「で、かんじんのレコードは」

マフラーをほどき、コートの前を開けると後ろに回った十和子がそれを脱がせる。指が軽く肩に触れて、それが一年ぶりぐらいの妻との接触だった。しかし脳裏では、出会った頃のちいさな十和子が懸命に背伸びをして手を伸ばす姿を想像してしまう。たぶん彼女のほうでも、夫をこまっしゃくれた子どもと錯覚することが多いはずで、だからふたりの生活は何年経ってもどこかままごとめいていた。短い帰還と長い留守を繰り返し、セックスのセの字も介在しない家庭。

「何枚かはもらってきたわ。ちょくちょく入れ替えに行こうと思って――何かかけましょうか」

「ああ」

「どんなのがいい？」

「宗教くさくなけりゃ何でもいい」

十和子がレコードをセレクトしている間にキッチンで牛乳を温める。それは何となく習慣づいた、ただいまの儀式みたいなものだった。十和子は電子レンジを嫌って買わないのでミルクパンを使って、すこしぬるいぐらいがいい。

「いやだ、間違えちゃった」

ホットミルクをカップに注ぎ、黒糖をひとかけ溶かしているとそんな声がした。

「どうした」

「新品のレコード、持ってきてたの」

「新品？」

「お父さん、気に入ったレコードは二枚買ってたのよ」

「保存用ってことか」

「そう」

うっすら湯気を立てるカップを手に近づくと、十和子の手にしたジャケットには「you belong to me」とあった。

あなたはわたしのもの。

十和子はそれを、ブックエンドで固定したレコードの列に戻し、代わりにカーペンターズを取り出した。

「えらく軽い音楽が好きだったんだな」

「クラシックもたくさんあったわ。津軽三味線《つがるしゃみせん》も、ＹＭＯも」

「要するに何でもよかったわけだ」

「そうみたい」

十和子はくすっと笑う。

「カーペンターズは、兄妹デュオだったからじゃないかしら」

自分の息子《むすこ》と娘を重ねて――……妹が早逝《そうせい》したことにも？　今のところ十和子は、カレンよりは長生きしているが。

円盤をセットし、針を落とす。ぷつ、とかすかな音がして、「Top of the world」が流れ出した。ふう、と十和子が息をつく。

「どうした」

「レコードに針を落とす瞬間って、緊張するじゃない。特にお父さんのだから……」

ソファに並んで座り、牛乳をふたくちみくち飲むと「触らせてもらえなかったもの」と話す。

「書斎のプレイヤーもレコードも。お父さんが、まじめな顔でそうっと針を落としてるのを見るとおかしくてね。大手術の一刀目みたいな表情なのよ、ほんとに。私にもやらせてってお願いしたんだけど、駄目だって。一度でも針を落としたらそれはレコードに傷をつけることだから、その都度音は悪くなるでしょう。だからいつも細心の注意を払ってた」

だから、決して聴かない「もう一枚」を求めた。

十和子の、軽い頭がこてんと肩に落ちてくる。

「何か話して」

「そうだな……」

アフリカの某国《ぼうこく》に赴いた時のできごとを話した。フランス経由だから、あらかじめパリの大丸で非常食を仕入れた。選んだのは国民食のカップヌードル。自分が食べるためというよりは何かと「使える」からで、案の定現地の粗末な食事にうんざりしていた同業他社に大人気だった。

「衛星電話の回線使わせてやるからくれって言われたよ。五分しゃべって十万かかるラインだぜ。儲《もう》けた」

「闇商人ね」

ころころ笑う妻から、もう悲しみの影は窺えない。

義父が亡くなったのは三カ月ほど前だった。知った時にはもう荼毘《だび》にふされた後で、でも連絡をもらっても帰れなかったに違いない。十和子もそれはよく分かっていたから、連絡してこなかった。

今、こうしていて泣き言や愚痴をこぼすでもない。死に際や弔《とむら》いについての報告もしない。ただ、寄り添って眠りたがる動物の仔《こ》のように頼りない身体をくっつけてくるだけだった。痛いとか寂しいとか悲しいとか、口に出すことの無意味さをよく知っている。お互いに。

誰だって、意味があって口にしているわけではないことも、もちろん知っている。

結婚前、義父は何度も「いいのか」と念を押してきた。

——君なら、うちの娘よりもっといい話に、この先たくさん恵まれると思う。

——いい、というのはどういう意味で？

皮肉を隠さずに問いかけると目を伏せた。二度とそんなことは仰《おっしゃ》らないでください、と言った。

――ほかの話なんてありません。僕の先にはずっと前から、道は一本だけです。

彼の目に自分は「卒業」したはずの場所にいつまでも留《とど》まっているように映ったのだろう。大人になっても「幼馴染《おさななじみ》」にこだわり続ける不自然と依怙地《いこじ》。ひとまずは一人前の男になるのだから、健康な女を娶《めと》り、子どものいる「普通の家庭」を築くのが当然の将来だと考えている節があった。

良時と目鼻のよく似た、義父。もう会うことはない。

十和子はじっと動かない。やせ衰えて死んでいった「妹」の、甘い歌声が流れる。

アイロン台を納戸《なんど》から取り出そうとして、見覚えのあるものに気づいた。胸ほどの高さに設置された可動棚の上に、トーレンスのレコードプレイヤー。十和子が譲り受けたのとは、また型式が違うようだった。傍《かたわ》らの紙袋にはレコードが十枚かそこら突っ込んである。

せっかくの形見を死蔵させるとは親不孝だな、とつついてやろうかと思ったが、ひょっとすると妻に出て行かれてから部屋の模様替えをする際に片づけたのかもしれない。

転がり込んだ時、３ＬＤＫのマンションからすでに八重《やえ》の影は窺えなかった。ひと部屋は良時《よしとき》の寝室、ひと部屋は書斎、もうひと部屋は空き部屋。ただの、ぜいたくなひとり暮らしをしている男の家、でしかなかった。服や写真はおろか、箸の一組すら「女」の持ち物が残されていない。二カ月も経てばそんなものだと思うのが妥当なのか、たった二カ月でよくもそこまで、と感心するところなのか。

あの女が自分で徹底的に身辺整理したのかもしれないし、良時が、早く忘れたくて頑張ったのかもしれない。

そうだ、訊かなかった。

お前は傷ついたのかって。

紙袋の中を漁《あさ》ってみる。何年も前、十和子が持っていた「you belong to me」が入っていた。こっちが使用ずみということか。

針に刺された瞬間から傷つき、傷を奏でるレコード。聴くたびにすこしずつ劣化し、たぶん人の耳はそれに慣らされてしまう。保存用とはおかしな話だ。傷を嫌って針を落とさないのなら、溝に刻まれているはずのクリアな音は永遠に聴けないのだから。今聴いているのとは違う美しい旋律、という空想だけを頭の中で温めるためのよすが。触れられない宝物。なら別に手元になくたっていいだろうに。

アイロン台とアイロンを抱えてリビングに戻る。結局、レコードの話はしなかった。

「ままならねえよ、なあ、良時」

良時がシャツの前をむしるように開いて、無理やり引き剝《は》がされたボタンの弾け飛ぶ音が、針の音に似ていると思った。ノイズのように不規則な、良時の呼吸。

あーあ、と思った。落としやがったよ、針を。しかもこんなに荒っぽく。もうあとは、引っかかれながらぐるぐる回転するしかない。溝が終わるまで。

でも俺は待ってた、心のどこかでずっと待ってたんだ。この音を。この瞬間を。

良時。

よしとき。

十和子が手配したトランクルームに初めて立ち寄った。良時の家を出てマンションを借りるつもりだから、荷物のボリュームは把握しておかなければならない。なくても生活が成り立っていたのだから、全部捨てたっていいような気もするが。

三畳ばかりのスペースに詰め込まれているのはほとんどが「本」と書かれた段ボール箱だった。それら山積みのてっぺんに、薄い袋が置いてある。

中には例のレコードが入っていた。「you belong to me」、間違えたというわけはないだろう。

どういうつもりだ。シュリンクが剝がされているから、すくなくとも一度は十和子が聴いたということになる。あの日以降のいつか、自分のいない部屋で。

電話をかけてみると案の定雪絵《ゆきえ》が出たが、案外あっさりつないでくれた。

『どうしたの』

「今、トランクルームにいるんだよ」

『やっと？』

十和子が笑う。

「このレコードは何なんだ」

『聴いてみたらいい曲だったのよ。意味は分からないけど、旅の歌だと思って。密にぴったりな気がしたからプレゼントするわ』

「手切れ金か」

そうよ、と澄ました答えが返ってきた。

今度は良時にかける。

『何だ、今、ちょうど連絡しようと思ってたところだよ』

その用件は聞かずに「レコードプレイヤー出しといてくれ」と言った。

『何で』

「使うから」

すぐ行く、と告げて電話を切り、レコードだけ小脇に抱えてトランクルームを後にした。


「よくレコードプレイヤーなんてあるの知ってたな」

「お前のことなら何でも知ってんだ」

「嬉しいよりはぞっとするんだが」

ジャケットを見て良時はかすかに眉をひそめた。

「それ、うちにもあるぞ」

「知ってる」

じゃあ何で、という言葉は肩をすくめる仕草で飲み込むと良時は冷蔵庫を開け、白のボトルを取り出した。きのう会社でもらってきたものだという。

「それで、お前を呼ぼうと思ってた」

「国産？」

「ああ。熊本の、菊鹿《きくか》だって」

よく冷えていた。グラスのふちを軽く合わせて口に含むとさっぱりした辛口だった。

「ナイトハーベストって言うらしい」

ラベルにもちいさくそう書かれていた。夜の収穫。

「夜、ぶどうが眠っている間に収穫するそうだ」

「それによってどんな利点が？」

「さあ。酸味が回りすぎないとかじゃないのか」

「適当だな」

恐怖を感じながら殺された動物は肉がまずくなる、という話を思い出した。寝首をかかれ、ひっそりともがれる果実の残酷。枝から引きちぎられる時の音は、あれと似ているだろうか。

ソファにかけて一杯目を空けると、リビングに設置されたプレイヤーにレコードをセットした。アームを持ち上げ、針を落とす。

……ぷつ……。

レコードの鳴り始めは、うねるように音が立ち上がってくる。ソファに戻ると、良時が黙ってワインを注いだ。

「……旅の歌なんだな」

十和子と同じことを言う。

「ああ」

優しく語りかけてくる女の歌声。男の旅を許し、でも終着点は自分のところしかないのだと縛ってもいる。

「何考えてる？」

良時が尋ねる。

「これからお前を押し倒す算段」

「――……うそつきだな」

「きのうきょう始まったこっちゃねえだろ」

「そりゃそうだ」

顎を持ち上げられた。ふたつの唇を経由して夜の酒が入ってくる。

「ベッドに」とささやかれる。

「ここでいい」

「落ち着かないだろう」

「思い出深い初体験の場所なのにつれねえこと言うなよ」

ネタにするには、良時には少々早すぎたようで「後悔はしてないが悪かったと思ってる」と目を逸《そ》らしてため息をついた。

「よせよ、俺がいじめてるみたいじゃねえか」

「いやがらせはされてると思うよ」

萎《な》えられては困るから軽く肩を叩いて寝室へと促す。引き戸を引いて歌声を締め出した。

「あのレコード、ひょっとして親父《おやじ》のか？」

「正解」

「じゃあ十和子にもらったんだな。会ったか？」

「いや。トランクルームにあれだけ置いてあった」

「へえ、歌詞の意味分かってるのかな」

笑って「会いに行けよ」とさりげなくつけ足した。

「退院して、体重も戻ってふっくらしてきたから」

だから怖くない、と暗に言うのだった。自分が何をおそれているか、一番よく知っている良時は。

「良時」

「うん？」

邪魔な服を次々床に落として、シーツの隙間《すきま》に滑り込む。

「あいつが死んだら俺も死ぬ」

離れても別れてもいい、でも逝《い》かれたら。

良時は笑顔を崩さなかった。そこにすこし、困った色を足しただけだった。

「仕方がないな、お前だし」と言う。

「でも、密が死んでも十和子は死なないと思うよ」

「いいんだよ、それで。そうじゃなきゃ困る」

「お前ら、つくづく妙な関係だな」

「お前も込みでいかれてるんだって」

肯定も反論も返ってこなかった。

「あれで十和子、細々ながら長生きしてくれそうだけどな。俺たちの百倍はまめに医者にかかってるんだ、異常があればすぐ分かる」

「そうだな、案外お前みたいなのがぽっくりくたばる」

「うん。そうなったらもう一度あいつと結婚して、傍で支えてやってもらえると嬉しい」

「俺が死んだら？」

「……どうするってこともないな、別に。実家には戻るかもしれない」

「侘《わび》しいこと言うなよ。祟《たた》りゃしねえから、安心してよそでさかってろ。顔も身体もそこそこいいのにもったいねえ」

「うそつけ」

良時の口調がすこしばかり乱暴になる。

「うそじゃねえよ」

「祟るも何も、死んだ後に残るもののことなんか信じてないくせに、って意味だ」

「怒ってんのか」

「デリカシーがない」

「俺に、あったためしがあったか」

「ないな」

いつものように、良時が苦笑で会話を引き取った。そうして矛を収めるのだ。

「愛してるよ、良時」

「お気遣いなく」

「本当だって」

我ながら、こんなひどいことを言えるのに本当だからふしぎだ。それでいて、良時がほかの誰かから踏みつけにされるのは我慢がならなかった。今だって、道端で八重に会ったら絞め殺さない自信がない。

ずっと「仲睦《なかむつ》まじい夫婦」でいられるほうが拷問に違いなかったのに。

自分たちはきっと三者三様にこわれていて、そのいびつさでバランスを保っていられる。お前がまともな男だったら、好きになったはずがないんだ。

「……愛してるよ、良時」

「分かった分かった」

ぞんざいに答えて手を伸ばしてくる。眼鏡《めがね》を外されると、たちまち周囲はぼやけてゆがみ、時に分裂する。レンズで補正されない本当の世界。見えるだけのものは昔から信じていないから、触れて手繰り寄せる。

はっきりと、良時のやり方、と分かるキス。回数を重ねたわけでもないのに、ずっと前から知っていたと錯覚しそうになる。メレンゲでも舐め取るように淡い力加減で唇をなぞり、じれったいほど軽く、何度もついばんでから潜ってくる。両手で耳を塞がれるとこめかみのすぐ近くで閉じ込められた口接の音が響く。そのささやかな監禁に興奮した。

「ん――っ」

互いの唾液と、吐息を交わす。

耳に蓋《ふた》をしていた手が外れれば、空気と音が管を通るのと一緒にかすかな耳鳴りがした。良時の指は胸の上をさまよい、ちいさく引っかかる箇所をとらえて弄る。指の腹同士をこすり合わせる動作の真ん中に挟んで、ねじでも回すような摩擦でそこはねじれながら過敏さを増していく。

「……あ……」

唇が離れる時にも最後まで舌は絡まったままで、蔓《つる》みたいに細長く伸びればいいのにと思う。尖《とが》った乳首を口腔《こうこう》の生温かさでくるまれるとまならが赤く染まる。柘榴《ざくろ》の表皮に似た、欲情の色。

「っ、ん……っ」

肌からしみ込まされた興奮が下肢《かし》にまで及んでいくのにそう時間はかからない。良時は左右のしこりを交互にねぶりながらそこへ手をやり、一度ぎゅっと握り込んで熱の溜まり具合を確かめた。

「あ、あっ」

そのまま上下の愛撫で硬直を促される。胸を甘噛みする強さも、発情を扱く強さも、やっぱりずっと前から知っていた気がする。新鮮味に欠けるという話ではなく、身体に、ひとかけらも反発するところがない。

手のひらのなかで、どんどん性感は鋭くなっていく。

「ん」

しなる先端へとどんどん収斂《しゅうれん》されて、透明をこぼす口からバターみたいにどんどんとろけていきそうだった。

「あ……っ、は……」

不意に手が離されたが、体温にぴったり覆われていた性器には外気のかすかな寒気さえも刺激だった。ヘッドボードからローションを取り出した良時が中身を手のひらにとろとろ落とし、そのぬめる手で上半身をまさぐってきた。

「あっ、あ」

膜に覆われた乳首は透明な果肉をまとった種と化し、指先で遊ばれる。人肌の作用で、いっそうまろやかになった液体が身体の奥へと滑り込んできた。人肌のとろみをなかへと送り込む良時の指。すこし平べったく、爪はいつも短い。編集作業の後はたまに赤や青のインクがしみていて、それを見るたび、毒々しい色のお菓子に憧れる子どもみたいに、食べたくなった。

ひそやかな欲望を、下の口が果たしている。

「あ——あぁ……っ」

指は浅いぬかるみをかき回して、疼く反応につられるように奥地へ。一本目が発情をもたらせば、続く蹂躙《じゅうりん》だって甘い悦びを運んできてくれると、そこはもう知っているから、侵入を増やされるだけ潤んでいく。

「……大丈夫か？」

欲しがる蠕動《ぜんどう》さえ信じきれないように良時は訊く。大丈夫じゃなかったらやらない、という選択肢は存在しないので甚《はなは》だ愚問ではあるが（本人にも分かっているのだろうけれど）、そういう男なので仕方がない。つまさきで腰をなぞって答えとする。

入ってくる前、張り詰めたままの性器にもローションを垂らされた。

「っ、あ」

それが先端のほころびのような孔からこぼれ出している先走りと混じって管の中を逆流していきそうな、ありえない期待にぞくぞくする。身体のなかを逆撫でられる恍惚を覚えてしまったから。

「密――」

「ああ……っ！」

波が伝わって波紋をつくるように、抱えられた膝裏《ひざうら》までけいれんしそうだ。潤滑剤にまみれた内腑《ないふ》に分け入ってくる良時の欲望。その頭の、張ったところがまんべんなく粘膜をこすり、拡げていく。

「ん、んん――」

挿入しきったら固く抱きしめられ、男の身体とぬめりで刺激された昂りは内部からの興奮も相俟《あいま》って昇りつめてしまう。

「ん、ぅ……！」

瞬間のふるえまでが良時の腕の中で、喘ぎはつながった唇の間で弾ける。

「……っあ、あ……っ」

交合したまま片脚だけ大きく持ち上げられ、斜めになった身体に良時がいっそう深く食い込ませてくる。さっきまで届かなかったところにも切っ先が達すると、真新しい快感でどろどろにいったはずの性器がまたじわりと熱くなる。このまま、いくらでもいけそうだった。

「ああ——あっ」

律動に理性のメーターが焼き切れ、もっと激しい陶酔を求める一方で、その後の眠りを待ちわびてもいる。

絶頂の末の眠りは「ちいさな死」だ。こうして殺し、殺される。いつか耽溺《たんでき》を堪能し尽くしたら（そんな日がくるのかは別として）ちいさく死んで、そのまま大きくも死にたい。十和子より後に逝きたくないのと同じぐらい強い、もうひとつの、口にしない望み。

最後の、最高の「you belong to me」と「I belong to you」。

あなたはわたしのもの。

わたしはあなたのもの。

それを証明する行為はひとつしかないだろう。

「……お前は、ごめんだって言うんだろうな」

「何が」

「何でもねえよ」

お前はいつもそうだ、とつぶやいて良時はまた抽挿《ちゅうそう》を始める。

「あ――」

お前だってそうだ、と思う。全員がちょっとずつ、言わない言葉を後ろ手に隠したまま生きている。針の落とされない溝。でもそんなのは、性感に煮られるこの瞬間の得難《えがた》さに比べれば大した問題じゃない。身体より心が上等なんて決まりはないのだから。

「ん――ん、ぁ……」

ずるりと抜けていくものにすがる内壁、それをまた奥へと押しやっていく性器、下半身が丸ごと、感じるためだけの剝き出しの神経に変容する。

「あ、あ、あ……！」

光の飽和するところへ飛び上がるような、暗闇の底に落ちても行くような、終わり近くのめまい。確かなのは、どちらにしてもひとりじゃないこと。体内を繰り返し貪りながら脈を速くし、膨張していく良時が、身体で約束してくれる。

「う、っ……」

「あぁ……あ、あ――」

奥の奥へ、誘うようにすくんだ動きとぴったり合わせて射精されると、濃い滴りはこの世のどこでもないところへ沈殿していく気がした。

目が覚めた時、生きてやがるよ、と少々残念だった。リビングに行くと、とうに旋回を終えて止まったトーレンス。アームを持ち上げようとしてやめた。離してしまえば、もう針を下ろす先なんてないような気がして。

残りのワインを空けて——朝には文句を言われるだろう——ベッドに戻る。良時の、ゆっくりとした呼吸を見下ろす。

頬に触れると、うっすら目を開けた。眠りと覚醒のないまぜになったゆるい声で「とわこ?」と洩らし、その発音だけで、夢の中の良時が過去にいるのが分かった。子どもの時分に。

「十和子——……頭痛いか? あしたには密が来るから、頑張って、ほんのちょっとでも、元気になろうな……」

それだけ言うとまた意識を沈めてしまった。

その傍らに身を横たえる。

世界が呼吸を止めたように静かな夜だった。

オールディーズ（OLD DAYS）

入社式が終わり、社屋に併設されたホールからゆるゆると人が吐き出されていく。その途中で「よう」と肩を叩かれた。覚えのある、明るい笑顔。一回目の内定者懇親会で隣になって、名乗ったら「平安貴族みたいでかっこいいな」とか言われた。

「あー……西口、だっけ」

「そうそう」

眠かったよなあ、とあたり憚らず盛大なあくびをするのに苦笑した。大物かもしれない。

「静、どこの部署行きたい？　俺、経済以外がいいなー。金の話全然分かんないし」

「友達は外報希望だけど、俺は特に……まあまず、どこの支局に行くかじゃないか？」

「それもそうか」

そこへ「友達」がやってくる。

「良時、残念なお知らせだよ。見渡す限りブスしかいねえ。不毛の荒野だ」

「声がでかい声が。いや小声でも言うんじゃない」

「あれ」

西口がまじまじと密を見て小首を傾げた。

「そっちの人、懇親会来てた？」

三桁近い内定者が集っていたのに、欠席して——正確にはばっくれて——いたことが何となく分かるらしい。

「ああ、こいつ、二回とも旅行に出てて」

「やっぱり？」

「よく覚えてるんだな」

「え、だって一度見たら印象に残るだろ、顔はいいのに人相が悪いっつうか」

的確に密を描写した表現に良時はちょっと受けたが当の本人は眉間《みけん》にひびを入れた。

「何だこのアホ面は」

「あ、俺、西口って言うの。西口諫生。よろしく」

密はしらーっとしたまま自己紹介もしないので、仕方なく良時が「佐伯密」とフォローした。こいつの学生生活ってどうだったんだろう、と今さらながらに思ったりしつつ。

「佐伯？　お前が？」

西口が急に顔を輝かせる。

「入社試験、トップだったって知ってた？」

「どうでもいい」

「わー俺もそんなこと言ってみてー」

「何で知ってるんだ？」

「ん？　懇親会ん時、人事の人が教えてくれた」

けろりとして答える。

「そんなこと聞いていいのか？」

「いいのか悪いのかは知らないよ、飲ませたら勝手にしゃべったんだから」

にやっと笑う顔に、案外油断ならない性格なんだなと肝に銘じておく。

「佐伯と、あと菊池《きくち》っていうのが頭ひとつ抜けてたんだって。筆記も論文も。そんで、二番から五番まで全員女らしいぜ。最近の男はだらしがない！　だってよ。んなこと言われてもなー。菊池ってどんな女だろ？　土井《どい》たか子《こ》みたいのだったらどうする？」

「いやどうすると言われても」

「私が何か？」

西口の背後から、女がひとり現れた。冷ややかな声と眼差しを投げられた西口が慌てて振り返る。

「えっ？」

「さっきから聞いていれば、一方的に女性を値踏みしたり人の噂話《うわさばなし》をしたり、好き放題ね。何しに会社へ入ってきたの？　学生気分もいい加減にしたら」

立て板に水の非難で、すたすた歩き去っていく。密が舌打ちした。

「腹立つブスだな」

「え、どうしよ、ほんとに本人？　聞こえてた？」

「何で俺まで一緒に怒られてるんだ……」

これから長い会社員人生、何が待ち受けているのかと一歩目から不安な雲行きにため息をついた。

「静、一緒に謝りに行こうぜ」

「だから俺を巻き込むな」


「いっちゃん、いらないおもちゃとかあったら教えてね、全部片づけるから」

「何で」

「もう、何度も言ったでしょ、もうすぐパパについてお引っ越しするの。香港よ」

ホンコン、と口の中で復唱してみたがどこだかまったく分からない。

「遠いからね、荷物はなるべく整理しなきゃ」

それは電車に乗っていくデパートや新幹線に乗っていくおじいちゃんの家よりどのくらい遠いのか。

「ホンコンに何があるの？」

「うーん……色々よ。言葉も違うからママも心配だけど、きっといっちゃんはすぐ覚えるわね。おもちゃ箱、整とんしようね」

「捨てたほうがいいの？」

「いらないものはね」

「じゃあ全部捨てていいよ」

一束に背を向けてクローゼットをさらえていた母が驚いて振り返った。

「全部って、ゲームも？」

「うん」

「そんな、無理しなくていいのよ、大事なものはちゃんと持っていきなさい」

ちょっと考えた。だいじ。だいじ。でもその「だいじ」の量をいちいち比べて、残す「だいじ」と捨てる「だいじ」を決めるのは難しそうだった。

というか、面倒くさい。おもちゃがなくてもごはんは出てくるし、学校にも行ってるし、あればあったなりに楽しいけど、別になくても困らなさそうだった。そもそも、誕生日やクリスマスにチョイスされたプレゼントで、自発的に欲しがったものはない。

「いらない」

と一束はあっさり結論を出した。

「ほんとにいいの？　後からやっぱりいるって言っても買ってあげられないのよ？」

「うん。だってホンコンには色々あるんでしょ？」

母は一瞬不安そうな表情を覗かせたが、すぐに自らを励ますように「うん」と大きく頷いた。

「きっとそうよ」


背伸びして、台所に立つ祖母のエプロンにしがみつく。

「ん」

「碧ちゃん？　危ないからあっち行っとき」

「ん」

「お手伝いしてくれるんか？」

「ん」

こくこく頷くと「ありがとうなあ」と顔をほころばせ、ビールケースを逆さに置いて踏み台代わりにした。

「ほな、包丁はまだ危ないからな、一緒にお米研ごか」

「ん」

「碧ちゃんがご飯炊けるようになったら、お父さんもお母さんもびっくりするでえ。今度帰ってきたら食べさしたろな」

「う」

途端、ぽろりと涙がこぼれる。

「あれあれ、碧ちゃん、どないしたの」

「お前なあ」

日曜大工の合間に麦茶を取りに来た祖父が呆れ顔で叱《しか》った。

「名前出すなて。こないだ出ていったばっかりなんやから、思い出したら泣いてまうやないか」

「ああ……ごめんねえ、お父ちゃんらおれへんで寂しいなあ、いっつも我慢してんねんなあ」

エプロンでそっと頬《ほお》を拭われる。おしろいにちょっと線香を混ぜたような、おばあちゃんの匂いがした。

「碧、おじいちゃんと散歩しよか。川に魚見に行こ」

よっこらしょと抱きかかえられ、外に出る。

「重たなったなあ」

祖父がしみじみつぶやいた。

「すぐやぞ、碧。お父ちゃんもお母ちゃんもすぐ帰ってきて、碧はすぐ大きなって、おじいちゃん、抱っこできひんようになるわ」

よく分からなかった。ただ、抱っこしてもらえなくなるのはいやだと思い、祖父が首に巻いているタオルにぎゅっとしがみついていた。

さっき給食を食べたのに（お代わりもしたのに）、どうしてだろう、家に帰るころにはもうお腹が空《す》いている。だからおやつはいつも、大きなおにぎりとバナナだった。牛乳も一緒に飲む。背が高くなりたいから。

「圭、きょうな、倫子《りんこ》が熱出してるからお母さんスイミング見に行かれへんけど、ひとりで大丈夫？」

「うん」

おにぎりを頬張りながら手のひらを突き出す。

「スイミングの後の、ジュースのお金ちょうだい」

「はいはい」

「家から海パン穿いてってええ？」

「ええけど、パンツ忘れなや。あんたこないだもズボンだけで帰ってきてから……」

「外から見えへんしええやん。パンツないほうが涼しい」

「あかんあかん」

着替えとタオル、それにキャップとゴーグルを詰めたバッグを背負って、マウンテンバイクにまたがる。スクールバスの集合場所が友達の家の前だから、そこまで漕《こ》いで行って、自転車を停めさせてもらう習慣だった。

風に乗ってぎゅんぎゅん立ち漕ぎのスピードを上げようと思ったが、泳ぐ前に足が疲れては元も子もない。体力を温存するためサドルに腰を下ろした。

きっときょうはきのうより、速く泳げる。

その他掌編

[その他掌編]

author's comment

ルチルさんの小冊子や特典ペーパー、ブログにアップしたSSとなります。
いろいろ入ったドロップ缶みたいにお楽しみいただければと思います。

knockin on you

一束《いつか》が出ていってから小一時間過ぎた。きっともう、今夜は戻らないのだろう。しなりそうに薄い壁にもたれて座り込みながら、ぼんやり考えた。

誰かと電話をしていた、一束の声を思い出す。

――あなたは、いつもタイミングがいい。

――うちにいます。お疲れ様でした。

――どうでした？

――分かりました。

それから、ややきっぱりとした口調で。

――すぐ行きます。

第一声から予想するに、仕事の話ではなさそうだった。でも敬語だから年上で、すぐ行く、と言える距離。日本語だから日本人だろうか。タイミングがいい、ってどういう意味なのか。それにしても注意深い会話だな、という気がしたのは自意識過剰か。圭輔《けいすけ》に聞こえていると分かっているから、情報を与えるのを回避しているような。

いや、気のせいだよ。自分に言い聞かせて煙草《たばこ》をくわえる。本当にそうならば、この未練たらしい気持ちに気づかれたうえで警戒されていることになる。相当情けない。

火をつけると、深く煙を吸い込んだ。こんなに割り切れない性格だったとは驚きだ。慣れない街で懐かしさと感傷に引きずられているにしても女々しすぎやしないか。ずっと心に引っかかっていたしこりは一束が許してくれて取り去られた、それで十分なはずだった。

仕事のうえでいい関係を築きたい、とはっきり言われた。あれもけん制だったのかもしれない。体調が悪い時、仕事で疲れた時、会いに行く誰かが一束にはいて、煙草をやめるぐらいその「誰か」を思っていて。

口の中の苦味が一気に増して、まだほとんど新品の煙草を灰皿でねじり消す。ぐりぐりと、何度も。力を入れすぎて指先が白くなった。俺は、ひとりだから寂しいだけか。溜まってるのか。自分が手に入れられなかった相手を得た「誰か」を幼稚に妬《ねた》んでいるだけか。

床に置いた電話がふるえて、びくっと全身の皮膚《ひふ》が膨らんだように驚いてしまった。

『遅くにごめんなさい。寝てた？』

美蘭《メイラン》だった。拍子抜けして、すぐに自嘲《じちょう》する。誰からだったらいいと思ったんだか。努めて明るい声で「大丈夫」と返す。

『あなたの歓迎会をまだしてないでしょう。日にちの相談をしたかったのよ。一束は来週がいいって言うんだけど』

「俺はいつでもいいよ」

『ほんと？　じゃあお店の予約をしておくわ』

「ありがとう」

『何だか沈んでるみたいね』

逆方向に振る舞ったつもりなのにあっさりと言い当てられて、何だかいっそうへこんだ。けれど、会社で話せばいい用件についてで深夜わざわざ連絡してきたのは、自分を気にかけてくれているのだろうと思い、黙って感謝した。

「そうかな」

『ホームシックなんじゃない？　ちょっと慣れて、生活が落ち着いたと思ったら急にがくんときたりするのよね。私もそうだったから』

ああそうか、この子も日本にいたんだっけ。快活な彼女にも、巣穴から外を窺《うかが》う動物みたいな時期があったんだろうか。かつて一束がそうだったように。

「ちょっとだけおしゃべりにつき合ってくれる？」

『どうぞ』

「一束とはどうやって知り合ったんだ？」

『留学してたころね。共通の知人がいて、紹介してくれたの』

「それって、恋人的な意味で？」

『さあ。でも全然タイプじゃないわ』

あっさりと明言したのでちょっと笑った。

『暗そうだし、ぼそぼそしゃべるし、第一印象はあんまりよくなかった』

「ひどいな」

『一束だって「そうだね、君の化粧も今より濃くて稚拙だった」っていやみを言うんだもの。そっちのほうが失礼じゃない？　――まあでも、話してみたら案外しっかりしてるし、一緒にいると楽なのよね』

「なるほど」

『私と一束が、つき合ってたと思ってる？』

からかうように尋ねられた。

「いや、そういうんじゃないのは、見てたら分かる――いや、美蘭はきれいだし、すごく魅力的だよ」

『お気遣いどうも。……これは時効だと思うから教えるけど、その時一束は彼女がいたの』

「え」

あからさまに興味を惹《ひ》かれた声を出してしまった。新聞記者としてはたぶん致命的に、腹芸というのが苦手なのだ。ストレートさがうまく働く局面もあるにはあるが。

美蘭は、たぶん気づかないふり、で続ける。

『おとなしい、かわいい子だったけど。すぐ別れちゃったわね』

「何で」

私のせい、と悪びれない答えが返ってくる。

『日本で、香港のこと話せる友達ができて嬉しかったの。こっちは節度を保って交流してたつもりだけど、向こうはそう思ってなかったみたい。ある日急に爆発して「もういや！」って感じ？』

「……そりゃあ、でも、複雑だよ。かわいそうだと思うな」

自分が入れない世界を共有する異性の存在なんて、はっきり言って目の上のたんこぶだろう。

『私だってそれは思ったわよ。でも、三人でいる時もただにこにこしてて、いやがってるなんて分からなかった。不愉快だから近づかないでってはっきり言ってくれたらこっちも控えたのに』

「だってさあ、」

主輔の言葉を遮って「日本人って、『空気読む』って言葉が好きよね」と言った。

『美徳かもしれないけど、ボールを投げもせずに、そっちから取りに来てくれっていうのは、私の感覚では卑怯《ひきょう》よ。大事なことは言葉にしなきゃ。物分かりのいい顔したい、嫉妬してるところなんて見せたくない、でもほかの女と仲よくしてほしくない、察して対処してほしい、ってことでしょう？　そういう消極的な図々《ずうずう》しさって何なのかしらね』

「うーん……」

どっちの言い分も分かるんだけど。

「一束はなんて？」

『しょうがないね、って』

「……それだけ？」

『そう。ほら、嫉妬した時は、相手にもそうさせるように仕向けろっていうじゃない？　だからその子も、わざとほかの男の子と遊んだりしたらしいんだけど、残念ながら一束って怖いぐらいそういうのに反応しないのよね』

「それって、一束のほうはあんまり好きでもなかったんじゃないのか？」

『楽しかったし好きだったよ、とは言うわ。でも、一緒にいる時うまくやれたらそれでいいじゃないかっていう主義なのよね。傍《そば》にいない時間のことなんて考えたところで分からないから無駄だって。詮索とか勘繰りは面倒なんですって』

「……そう」

おやすみ、と電話を切って殺風景な壁を眺める。

自分が昔抱いていた一束の印象とはずいぶん違うことにすこし引っかかった。あの頃、人見知りはするものの、圭輔の前ではちゃんと笑ったり怒ったりはにかんだりしていた。表現は下手《へた》でも、むしろ人より激しいぐらいの喜怒哀楽を隠していると思っていた。恋人というちばん身近な他人に対してそんなドライな態度を取るなんて意外だ。しかしその物思いに一束の声がかぶさってくる。

――変わらないほうが不気味だ。

――十三年も経ってるんですよ。

「――だよな」

ひとりごちると、繁華街の喧騒《けんそう》は届いてくるのに、とてもひんやりとした静けさが自分を取り巻いている。「時効」じゃない相手と、一束はどんなふうに過ごしているんだろう。今夜。

坂の下にはネオンが弾《はじ》けている。あたりの、見るからに高級住宅街といった閑静な雰囲気とは別世界だ。ジョギングをしている外国人とすれ違った。外交関係者も多いエリアらしいから、どこかの領事館員なのかもしれない。坂の上にも下にも、自分の属する世界なんてないように思える。夜気は蒸す暑さだった。いっそ木枯らしでも吹いてくれれば、この沸騰したまま渦を巻いている頭もすこしは冷えるだろうに。

やってます、て。

目の前に瓦《かわら》が積まれてたら、今なら叩き割れそう。結局俺だけがアホか、というごく単純な恥ずかしさと憤りがある。一束も佐伯《さえき》も美蘭も、皆知っていたのに自分だけが部外者だった。でもそれより今は、一束の、あまりにもあから
さまな物言いが圭輔の脳みそを沸かせていた。普通に「つき合ってる」って言えばいいだろ。

涼しい顔しやがって。

——僕たちは、嚙《か》み合わないんだ。

そうかよ。

内ポケットで携帯が着信を知らせた。美蘭からだ。知らんふりをしたい気持ちもあったが、
この子は何も悪くない、という理性がどうにか働いた。

「もしもし」

『ごめんなさい』

いつもの彼女からは考えられないほど弱々しい声だった。

「どうして」

『だって』

「気にすんなよ——ショックじゃなかったって言えばうそだけど、俺が美蘭でも言えないも

ん」

『……一束は？　一緒じゃないの？』

「知らない。佐伯さんの部屋に帰ったんじゃないかな」

『そんなことないと思うけど』

「何で」

『……何となく』

そんな希望的観測、気休めにもならない。

「何か俺、気ぃ遣わせてる？」

立ち止まり、ていうか、と口に出してから深呼吸した。無理でも落ち着け。

「俺が、一束に惚《ほ》れてる前提で話してるよね、美蘭は」

『違うの？』

自問すら避けていたことを即座に問いかけられる。でも興味本位じゃないことは分かったので、素直に答えた。

「いや――……ぶっちゃけると昔好きだったよ。ふられたけど」

『そうだったの。何かあるんじゃないかとは思ってたけど』

「……俺、そんな顔とか態度に出てた？」

『あなたっていうより、一束ね』

「え？」

『弓削《ゆげ》さんが来てからずっと、落ち着かない感じだったから』

「警戒されてたんじゃないのかな」

『そんなことないと思う。……ねえ、口先だけの慰めだなんて思わないで。私は一束のこと、それなりによく分かっているつもりよ。一束だって、弓削さんを』

「よしてくれ」

強い口調で遮った。

「言っただろ、一回はっきり断られてるんだよ。そんな期待なんか持ちようもないぐらい」

『じゃあ、今のあなたの気持ちは？』

答えられなかった。立ち尽くしたまま、ただ、維多利亜港《ヴィクトリアハーバー》とその向こうの九龍島《ガウロントン》を見ていた。美蘭が「おやすみなさい」と電話を切った。


寝袋の上であぐらをかいたまま、まんじりともできなかった。このまま朝になったらまた出勤して、佐伯と顔を合わせるということが現実に思えなかった。普段どおりだろうか。それとも妙に優しくされたり？　逆につめたくされたり？　――あの人に限って、ないか。仕事は仕事と割り切るだろう。ありがたいような悔しいような。

今のあなたの気持ちは、という質問が、反響し続けて消えない。

昔の話ばっかだな、と佐伯は言った。

昔の話はもうたくさんだ、と一束も言った。

自分には大事だった。どれほど胸に焦げ目のつきそうな痛みを伴ったとしても、思い出の中でしか一束に会えなかったから。写真立てを持ち上げ、裏蓋《うらぶた》を外してちっぽけな紙きれを取り出すと、その端っこを年月がうす黄色く染めていた。

階段を上がってくる足音が聞こえる。確かに五階で止まり、廊下をすこし歩いて――鍵の回る音、すぐ隣で。

帰ってきた。時計を確かめると明け方だ。美蘭はああ言ったが、やっぱり佐伯の部屋に泊まったんだろう。自分の知らない三年間で一束が何度繰り返したか分からない行い。

でも。写真の裏に、元どおりに紙を隠して立ち上がる。ふつふつと身体に満ちるものが、怒りなのか嫉妬なのか自暴自棄なのか、でも自分を動かしてくれるのだから何でもいいと思った。

まだ、まだ話していない。一束に訊《き》かなきゃいけないことも、自分が言わなきゃいけないことも。三度目の肘鉄《ひじてつ》を食らわされたとしても、あの時、謝れないまま離れてしまったのと同じ後悔をまた抱え込むのはごめんだった。今引き留めないと一束はどこかに行ってしまう、そんな気がした。

　今の気持ち、なんて考えるまでもなかった。嚙み合わない歯車なら、ぜんぶ壊して、また新しくつくり直そう。できれば一緒に。

　また会えた。かたちのある生身の一束がすぐ傍にいる。もう一度踏み出す理由なんてそれだけでいい。すくなくとも圭輔には。

　迷わず部屋を出て、一束の扉を叩《たた》く。

37.5℃ BULLET

うちに帰ると、玄関まで出迎えに来た十和子《とわこ》を見て一瞬目を逸《そ》らした。どうしてなのか自分でも分からなかった。あれ、と思考がつまずく。

「お帰りなさい」

「うん」

屈託のない笑顔に訊いてしまいたいぐらい心当たりがなかった。俺、お前に何かしたっけ、と。

「密《ひそか》、どうだった?」

「案外元気にしてたよ」

「そう。柘榴《ざくろ》、おいしかった?」

雪絵《ゆきえ》から伝わっているらしい。からかうような妹の問いに「何てことはなかったな」と答える。

その晩、食卓に並んだ夕飯を見ても一向に胃が反応せず、もしかして、と体温を測ると発熱していた。食欲で分かるあたり、普段の自分は本当に健康だなと思う。早々に床に就いているると襖越《ふすまご》しに十和子が「大丈夫？」と声をかけてきた。

「一晩寝たら治るよ」

「欲しいものは？」

「いや、特に」

すこし笑うと、その気配が伝わったらしく妹は「どうしたの？」と尋ねる。

「いつもと逆だなと思って」

「密からうつったのかしら」

「どうだろう、そんなにすぐ発症するかな」

「良時《よしとき》をダウンさせるなんて大したものね」

「ダウンってほどじゃないよ」

あいつには言うなよ、と釘《くぎ》を刺す。

「気に病むから？」

「そんな殊勝な神経があるもんか」

「じゃあどうして？」

「恥ずかしいじゃないか、熱出して寝てるなんて」

「私も密もしょっちゅうよ」

「お前らはいいけど、俺は恥ずかしいんだ」

「へんなの」

十和子は襖の向こうでひとしきり呆《あき》れてから「おやすみなさい」といなくなった。良時はなおも「言うなよ」と念を押す。


暑い。

いや、熱い。

頭が、身体《からだ》が、触れているものが。

手の中にある、手首が。

――そこじゃ分かんねえだろ。

いや、分かるよ、熱いよ。

密の熱がうつったんだ、と思う。だからこんなに、苦しいほど熱いのに、なぜだか手を離せない。離すのなら、違うところに触れなければ――どうして?

良時、と密が笑っている。

——どこまでが俺の妄想だと思う？

何言ってんだ密。

熱いよ。


目が覚めると、寝汗をびっしょりかいていた。代わりに熱はすこし引いたのか、頭痛とだるさはいくらか軽減されている。安堵《あんど》したのも束《つか》の間《ま》、下半身のぬるっとした違和感に気づくと闇の中ではーっとため息をついた。最悪だ、こんな時に。どうせ汗だくで着替えるのは同じにしても。

息を吐ききったら、かちりと奥歯を合わせる。ぷち、とどこかに残っていたらしい柘榴の種が弾けた。

夢の中身は、忘れた。

忘れたことにした。

come on you

何事も、正直に打ち明けるのがいいとは限らない。顎《あご》を掴《つか》まれながらそれを痛感していた。

「ほら」

ソファで仰向《あおむ》けになった良時にまたがって、このうえなく楽しそうに密が促す。

「さっさと口開けろよ」


親知らずを抜くから今晩は飲みにつき合えない、と律義にメールしたら喜んで突撃してきた。少々厄介な生え方をしていて、歯科医も苦労してたみたいだ、と話した時の笑顔ったらない。麻酔から始まって、すんなり抜けずに砕かざるを得なかった過程まで微に入り細にわたって聞きたがる。こっちは思い出したくもないっていうのに。３Ｄであちこちひん曲がっている性根にげんなりするより、こんなのを好きな自分にうんざりした。

「お前がフィジカルで弱ってるとこなんか、そうそう見れねえから」

「どうせ健康だけが取り柄だよ」

縫合のせいで口があまり開かず、どうしても舌っ足らずになる口調は、ますます密をご機嫌にさせるらしい。

「馬鹿だな、そんなわけねえだろ」

右の頬《ほお》――抜いた側――をするりと撫でて笑う。

「痛い！」

「いっぱいあるよ、そうだな……前戯はそこそこ丁寧だし」

嬉《うれ》しいわけあるかとかひとつしか言ってないだろとか、反論したいのはやまやまだけど傷口は痛いし頭も痛いし全身がぐったりと倦怠感《けんたいかん》に包まれている。一応は手術だから、身体にかかるストレスは相当なものなんだろう。麻酔が切れてから慌てて飲んだ痛み止めはまだ効いてこない。

「あんま腫《は》れてねえな」

無遠慮につねられて、割と本気で殴《なぐ》りそうになった。

「人相が変わってたらって心配した甲斐《かい》がねえ」

「期待の間違いだろう」

「何でもかんでも悪く取るなって」

「お前の行いでよく取れるものがあるのか」

「ほらほら、あーん」

見世物じゃないって話だが、ここで拒むとまた何をしでかすやら分からないので、良時は不自由なりに精いっぱい開口した。

「へえ」

覗き込んだ密が「壮観だな」と感心する。

「真っ赤で、ちっせえ火口みたいだ」

確かに、痛覚そのものがどろどろに熱せられて口の奥のちいさな壺《つぼ》に溜《た》まっているような疼《うず》きだった。

中途半端なカーブを描いて留《とど》まっている下唇《したくちびる》を指先でなぞって「まだしびれてるか？」と尋ねる。黙って首を横に振ると、ほんの数秒唇がかぶさってきた。

「……すげえな」

密は舌舐《したな》めずりをした。比喩じゃなく、本当に。

「血の匂《にお》いが充満してる」

そりゃそうだ。処置したての、直径約一センチの穴ってえらいことだし。しかしそれに興奮する感性が理解不能だ。性癖、性根、性分、「性《さが》」とつくもの全部怖いな、こいつ。

もう一度口づけられ、今度は舌が忍んできた。歯をつつき、口腔《こうこう》を泳いでぐっと奥に進んでこようとするから、さすがに肩を押しのける。

「何するんだ」

「何も」

「うそつけ、傷口に触ろうとしただろうが」

血腫《けっしゅ》はばんそうこうの役割をするから、間違っても洗い流したりせず、抜糸までかさぶたを保全するようにと言われているのに。

「穴見りゃ突っ込みたくなるのは男の本能だろ」

「人としてこらえろよ――おい、」

「こらえるって」

頭を抱え込まれた。全然信用できない。舌と舌の攻防に集中する。うっかりすると本気でレアな肉の露出を蹂躙《じゅうりん》されるから、必死だ。密の舌に移った自分の唾液《だえき》を味わい、確かに鉄くさいと納得した。左奥の臼歯《きゅうし》をつつかれる。

「よし、もう一本あんな」

いや、今度は絶対に抜糸までお前とサシでは会わない。

「そういえば密、いつ親知らず抜いたんだ」

「もともと一本しかねえけど、インドで」

インドで、抜歯。

「……お前のそういう度胸、見習わないけど尊敬するよ」

「急に痛み出したんだからどうしようもねえだろ。歯痛で日本に帰るわけにもいかねえし。まあ想定以上の藪《やぶ》だったけどな。隣の、何でもない歯抜こうとしやがってさすがに戦慄《せんりつ》した」

「無事で何よりだな」

「でも歯がないといいらしいぜ」

「何が」

「これ」

手で筒の形をつくり、実に下品な口淫《こういん》のジェスチャーをしてみせる。

「馬鹿か……」

「全部抜け落ちたらしゃぶり倒してやるから楽しみにしてな」

抜け落ちたらって、五年や十年先の話じゃないけど、ひょっとするとこれは、果てしなく下衆《げす》なプロポーズなんだろうか。色んな意味でため息が出るな。

お前らしいけど。

「楽しみも何も、その頃にはもう使えないだろう」

「健康だけが取り柄なんだろ」

くちづけを繰り返す。性懲《しょうこ》りもなく患部を探ろうとする密を押しやり、追いやるうち、いつの間にか互いの手も互いの身体をまさぐっている。

そこそこ丁寧な前戯、を披露したいところではあるが。

「……無理だぞ、きょうは。激しい運動するなって言われてるんだ」

「マグロになっててていいって。ああ、何ならたまには交代するか。せいぜいかわいく喘《あえ》げよ」

「冗談じゃない」

特に後半。

「へたに血流上げたら怖い」

「血が噴き出すかな？　よし、試そうぜ」

「馬鹿、やめろ」

こっちはかなり真剣、でも傍《はた》から見ればたぶんただのじゃれ合い——に没頭していると薬が効いて、あれほど神経の中枢に居座っていた痛みはいつの間にかうすれている。

しかし密に言ったら「俺のおかげだろ」と恩に着せられたうえ本格的に襲われそうなので、良時はもうしばらくしかめっ面を保つべく努力した。

ハートグラフィカ

碧《へき》の家で夕食をとって、眠り込んでしまった。

耳慣れない物音でふと目を覚ます。しゃー、しゃー、しゃー。硬くて、微妙になめらかなようなざらついたような。そして湿り気もあるような。まぶたをこじ開けてむくっと起き上がると、台所に立っていた碧が西口《にしぐち》を見た。

「あ、すいません、起こしましたね」

碧の手が止まると、音も止まる。

「いや、起こしてくれていいんだけど……何やってんの？」

包丁を、と返ってくる。

「研いでいました」

「ああ、なるほど。まめだね、ほんとに」

「特にまめということは」

すこし目を細めて、仕上がりを検分するように上向けた刃を見つめる。攻撃的な印象はないものの、ひんやりと整った顔が刃物と相対しているさまは、何かしら妙な迫力を感じさせた。突き立てられたら出血もなく絶命させられてしまいそうな。

「切れないと却《かえ》って危険ですし、いらいらしてしまうので」

「ふーん」

碧が当たり前にこなしている生活のあれこれが、西口にとってはいちいち新鮮だった。晴れた日には木べらや箸にオリーブオイルを塗り、日向《ひなた》ぼっこさながら天日《てんぴ》に干したりする。確かにそうやって手入れすると、木目の味わいが古びずに深くなった。

フォークを新しく買おうと思って店を回ったけれど見つからなかったので先延ばしにしている、と聞いた時にはちょっと驚いた。

――そんな特殊なフォークが欲しいの？

――いいえ、普通でいいんです。

それならスーパーにも百均にもあるだろうに。西口は生まれてこの方「自分が欲しいフォーク」についてなど考えたこともない。皿の上のものにふさわしい大きさで、「刺す」という用途が果たせれば、極端な話プラスチックのを使い捨てたっていいわけで。

――柄の長さとか、カーブとか、重さとか、手に取って比べると色々違うので、いちばんしっくりくるのを買いたいんです。後になってもっと気に入ったのが見つかっても、何本も買い足すわけにはいきませんし。

優柔不断なんです、とむしろ恥ずかしそうだったが、いやその逆だろ、と西口は思った。

安直に流されるのをよしとしない。どんなささやかなものでも納得いくまで考えて、手に入れたらケアを欠かさず長く大切に使う。値段や流行《はや》りすたりは関係ない。

広くはないけれどいつも清潔で、シンプルに保たれた碧の部屋には、きっと適当なものがひとつもない——……か？

……俺って、どんぐらい吟味していただいたんでしょうね。大丈夫なのかな。

いつまでもこの部屋の仲間でいられますように、こっそり祈った。


西口の家の玄関に、真新しい靴がそろえられていた。

「買ったんですか」

「うん」

たまたま靴屋のウインドウに陳列されているのを気に入って、その店には合うサイズがなかったのでわざわざ電車に乗ってよその支店まで買いに行ったらしい。

「たまにがつーんてひと目惚れして買っちゃう時があってさ。何だろう、ストレス発散なのかな。値札見てびびったら諦めるけど」

「でも靴は毎日履くものですから」

消耗度合いは碧と比べ物にならないだろうし、黒い靴の光沢には、ずっと眺めていたくなるようなやわらかな品があった。西口に似合うと思う。だから決して無駄遣いじゃない。

「昔っからそうなんだ。服でも財布でも、欲しいとも思ってなかったのに、ふらっと入った店でまっしぐらになるんだ。そういう時は一晩置こうとか別の店も見てこようとか考えもしなくて、とにかく今それを買うことで頭ん中いっぱい」

大人になったら落ち着くと思ってたのになあ、とぼやいてみせる。でも碧は、とても西口らしいと思った。そして、そんなふうに一瞬で求められたものっていうのは、幸せなんじゃないかと。

無機物なのにばかげた話、でもひと目惚れされるような訴求力に自信のない身としては、うらやましくもなってしまう。

恥ずかしいから秘密だけど。

ライブがはねたら

携帯が鳴って、西口が立ち上がる。

「はい、どうも――いえ、どうぞ」

広いとはいえワンルームだから、他人の耳を遮断しようとすると脱衣所かトイレかベランダに行かなくてはならない。その晩は三番目を選んでいた。

碧は気にしないように、そして気にされないように洗い物を続ける。台所の始末をすませ、コーヒーの準備をする段になってそっと窓の向こうを窺《うかが》うと西口は手すりによりかかって外を眺めていた。もう通話は終わったらしい。すこし丸まった背中に、意味もなくどきっとしてしまう。服の下の手触りや、骨の隆起や皮膚《ひふ》の温度を自分は身体で知っている、と思うと、不意に。無防備な後ろ姿にそんなことを考えているのがやましくて、碧は軽く頭を打ち振るとガラスを軽く叩いた。西口がすぐに振り返る。

「コーヒー淹《い》れましょうか」

「ああ、うん。ありがとう」

「……お仕事の邪魔なら、おいとましますけど」

「何で?」

碧の言葉に大げさなくらい目を丸くして「大した電話じゃないよ」と答える。

「ちょっと、気が進まない会食の予定が入っちゃったから、めんどくせえなーって思ってただけ」

「そうですか」

「うん」

軽く碧を抱き寄せてから「俺が淹れるよ」とキッチンに立った。時間を問わず電話がかかってくるのも、それがしばしば碧に聞かせられない内容なのも、政治記者という職業柄、当たり前だ。

ただ——。

「ブラックでいい?」

「あ、では、牛乳をすこしだけ」

「了解」

初めて聞く種別の着信音だったのと(西口はすぐ相手の察しがつくように、結構細かく使い分けている)、話し終えてからぼんやり佇《たたず》むところなんて初めて見たので、すこし引っかかった。

記者会館を出るや否や、「みっちゃん！」と大きな声がした。ぎょっとする間もなく腕に飛びつかれる。

「麻里香《まりか》」

「やっと出てきた」

スタートからこれか。西口は渋い顔をつくる。

「迎えに行くから、赤坂《あかさか》かどこかで時間つぶしてなさいって言っただろ」

「来たかったんだもん」

払おうとする腕にぶら下がるようにしがみつきながら、元・義理の姪《めい》は一向に悪びれない。

「いけなかった？」

「人前でみっちゃんなんて呼ばれていいわけがあるか」

「だってもう叔父《おじ》さんじゃないし——あ、諫生《いさみ》って呼べってこと？」

「冗談でも怒るぞ」

若い娘にまとわりつかれてる図、なんて知った顔に見られたら厄介だ。手近なタクシーに急いで麻里香を押し込んだ。

発端は先週の電話にさかのぼる。相手は別れた妻。用事なくかけてくるのはありえず、しかし用事の想像もつかないので緊張しつつベランダに出た。

――麻里香のことなんだけど。

――麻里香？

――九月から香港《ホンコン》に留学するの。

――へえ。

久しぶりに聞く姪の消息に、もうそんな年かと遠い目になってしまう。おっさんになるわけだよ、俺も。

初めて会った時、義兄の娘はまだ小学校に上がったばかりだった。沙知子叔母《さちこおば》さんの旦那《だんな》さんになるんだよ、麻里香の新しい叔父さんだよ、と教えられ「おじさんじゃないのにおじさんって呼ぶのはかわいそう」と大まじめに庇《かば》ってくれたものだった。あいつが留学ねえ。

――それでね、行く前にどうしてもあなたに会いたいと言って聞かないのよ。お忙しいでしょうけど、すこし時間をつくってもらえない？

――めし食わせて、小遣いでもやればいいか？

――お小遣いは置いといて、そういうこと。

――構わないよ別に。来週でいいか？

――ありがとう。きっと喜ぶわ。

——いや、俺こそ……。

でっかい借りがあるから、とわずかに声を低めると向こうは「そんなの」と笑った。

——それより、麻里香が駄々をこねるかもしれないけど、適当にあしらってやって。

——え？

——まだあなたにご執心みたいだから。

——……まじで？

——ま、あの子ももう成人したんだからご自由にどうぞ。また追って連絡させてもらいます。じゃ。

おいおい。携帯片手にしばらくあてどなく夜空を眺める。季節の行事やら冠婚葬祭で顔を合わせるたび懐いてくる姪っ子はかわいかった。しかし何かにつけ「沙知子ちゃんよりかわいい？」とか真剣に張り合ってくるところがあって、その都度「沙知子ちゃんは俺のお嫁《よめ》さんだから俺には沙知子ちゃんがいちばんなんだよ」と本気で言い聞かせると時には泣いて手がつけられなかった。赤ちゃんなんか生まれませんように、と公然と言い放ったりもして、血縁じゃないから雷を落とすのも憚《はばか》られ、要はけっこう困らされた。妻のほうでは「生まれながらに『女』って感じね」と相手にしなかったが（当たり前か）。

数年で結婚生活が終わった後もせがまれてディズニーランドに連れていったり、高校、大学と入学祝いを送ったり、細々と交流はあったがじかに会うのは二年ぶりぐらいかもしれない。

「俺のこと、すぐ分かったか？」

「分かるよ。みっちゃん全然変わってないもん」

「全然って、いつからだよ」

「初めて会った時から！」

「お世辞も過ぎるといやみだぞ」

「ほんとだもん」

お待たせしました、と先付けが運ばれてきて、麻里香が携帯を構えたので「よしなさい」と止めた。

「何でもかんでも写真に撮るんじゃない」

「えー。だってきれいだもん、いいじゃん」

「じっくり見て帰ればよろしい。どうせTwitterだかFacebookに上げて自慢したいだけなんだろ」

「何がいけないの？」

「俺が嫌いなんだ。文句があるならそれを許容してくれる男と食事しなさい」

麻里香はしぶしぶ携帯をしまうと「みっちゃんてほんと亭主関白だよね」とつぶやいた。

「誰が亭主だ……留学の準備、もうすんでるのか？」

「うん」

「香港行って何の勉強するんだ」

「別に」

気のない答えが返ってくる。

「就活やだから、もう二年ぐらい遊びたいなと思って。アメリカとかイギリスだと沙知子叔母さんと比べられちゃいそうだし」

何だそりゃ、と呆《あき》れる気持ちは顔に出さないよう努めた。よそのお嬢さんだ。麻里香の家でそれをよしとしているのならとやかく口を挟む問題じゃない。しかしどうしても碧と比較してしまう。年の差は五つやそこらなのにえらい違いだな。

思い出したら会いたくてたまらなくなる。せっかくの金曜の夜なのに。和モダンなダイニング、ミシュランの星つきの洋風懐石。そんなのどうでもいいから、碧の作った料理が食べたい。千切りのしょうがだけが浮かぶ吸い物とか、肉豆腐とか、人柄そのままに優しい、ほっとする味の。それから碧を抱いて、碧を抱き締めて眠りたい。

呷《あお》ったビールの苦さで自分を現実に引き戻すと「あんまり羽目外すなよ」と忠告しておいた。

「お前が妙なことやらかしたら沙知子叔母さんの名前に傷がつくんだから」

「それ、パパとママにも百回ぐらい言われたから！」

麻里香はうんざりしたそぶりで髪をかき上げる。

「みっちゃんが揉《も》み消してくれるんじゃないの?」

「そんな権力があったらいいねえ」

「大体、本人がやってなくても傷がつくとかおかしくない?」

「一理も二理もあるが政治家ってのは公人だからな、そういうもんだと思って諦めてくれ」

「ふーん」

「何だよ」

「今でもそうやって叔母さんのこと気にしてるんだなーって」

「何言ってる」

「叔母さんのどこが好きだったの?」

まっすぐに見据えてくる瞳。数年前はかわいらしい拙《つたな》さだった化粧も板についたものだ。しかしその下には、若さを無双の武器だと信じて疑わない女のしたたかさと驕《おご》りが透けている。よそで振るうぶんにはどうぞご自由に、だけど。

「何でそんなこと、お前に言わなきゃならない」

「ないから言えないんじゃないの」

「おい」

皆言ってたもん、と麻里香はむきになり、その小学生みたいな言い分に苦笑してしまう。

「皆」ってどこの「皆」なんだか。

「ほんとだよ。結婚式の時も……沙知子は身なりにも構わず、男勝りに勉強ばっかりしてたのに、まさかあんないい男捕まえてくるなんて、って」

「捕まえる、なぁ」

追いかけたのは自分のほうだ。あれやこれやと、振り返れば土に埋まりたくなるほど幼稚な気の引き方で。逆に言えば、相手からがんがん攻めてこられるのはちょっと苦手。

「ねえ、教えてよ。見習えるとこがあったら見習うから」

「無理だね」

「何でよ」

「甘ったれのお嬢ちゃんにあいつの値打ちは分からんし、逆立ちしたってまねなんかできない」

「そんなこと——」

麻里香は反論しかけたが、後ろのテーブルが急に「おおっ」とちいさく沸いたので気勢を削《そ》がれたか、唇をつぐむ。衝立《ついたて》で仕切られているので姿は見えないが、こっちと違って盛り上がっているらしい。

「俺みたいな中年に構ってないで、もっと年の近い男と遊べよ」

「やだ。頭空っぽなんだもん。話つまんないし、お金も持ってないしさ」

「麻里香が男に求めるものってそれだけなのか？」

「顔」

「話にならない」

まあ、若い娘なんて大なり小なりこんなもんだろう。身内だからあけすけに本音をさらしているのであって、同年代の連中とつき合う時にはもっとじょうずに猫をかぶっているに違いない。西口の二十年前だってこれと大差なかったようにも思うし。

——ああ、俺、同い年だったら、碧に相手にしてもらえなかったかも。

十年後二十年後を想像して、年若い恋人との関係にふと不安を覚える時もあるのだけれど、たぶん巡り会う時期のさじ加減はちゃんと合っているのだ。

デザートと食後のコーヒーまですっかり腹に収めて、約二時間。これだけつき合えばお務めは果たしたと思っていいだろう。

「出ようか。タクシーどうする」

クレジットカードの伝票にサインをしながら尋ねる。しかし質問というよりは確認の意味合いで、多めに交通費を握らせて「お釣りは取っときなさい」でお役目終了、解散。の心づもりだった。

「みっちゃんは？」

「帰るよ、当然」

「一緒に乗ってく」

「全然方向違うだろ」

麻里香はたちまち恨みがましい目つきになった。

「そういう意味で言ってるんじゃないって、分かってるくせに」

「分かってるからこその返答だよ」

「みっちゃん」

「冗談じゃないよ、姪っ子となんか」

「血はつながってないでしょ」

「無理なもんは無理」

「やってみなきゃ分かんないじゃん」

「やってみなきゃって……恐ろしいこと言うねお前」

呆れをとおり越して笑いが込み上げてくる。

「何がおかしいの」

「麻里香なりに真剣だっていうのは分かったけどさ。沙知子叔母さんは関係なく、俺は君を異性として見られない」

君、と呼びかけたことで、彼女はわずかにはっとしたようだった。

「年齢とか今までの関係もあるし、何より俺には今つき合ってる人がいるから」

「そんなの聞いてない」

「わざわざ言わねえよ」

「どんな人？」

「俺の考えうる限り最高の人」

「そんなんじゃ分かんない」

「かわいくて打ち込む仕事を持ってる自立した大人《おとな》で、絶対に自分の気持ちを押しつけようなんて考えない優しい人だよ。俺みたいな男じゃ分不相応だなって恥ずかしくなるほどだけど、幻滅されたくないから頑張ろうって思える」

あと料理じょうずだしきれい好きだしコーヒー淹れるのもうまいしとか、いくらでも長所は浮かんだけれどそのぐらいに留めておいた。麻里香はじっと猜疑《さいぎ》深い目を向けたが、すぐにはーっとため息をついて「知ってたけど」とつぶやく。

「さっきと言ってること違うぞ」

「うるさいなー。……だってみっちゃん、昔はこんなにゆっくりごはん食べなかったもん」

「は？」

「前は全然ペース合わなかったのに……だから今は、一緒に時間かけて食べる人がいるんだろうなって思ってたの！」

「……なるほど」

碧の「三十回噛め」の教えが、いつの間にやら無意識に身についていたらしい。

「にやにやしないでよ、むかつくから」

「彼氏できたら紹介してくれよ」

「その時になって後悔したって知らないからね」

お化粧直してくる、と麻里香が席を立つとやれやれと伸びをした。何とか納得してくれたみたいだ。

気が楽になると、すぐに仕事の用件をひとつ思い出し携帯を取り出す。あいつに取材申請の紙出すように言っとかなきゃ。電話帳から部下の番号を呼び出し、「発信」を押す——と、すぐ隣のテーブルで着信音が鳴った。

何このタイミング、と思った途端にやみ、同時に西口の携帯も発信が切れた。その代わり「やっべ」「バカ、なんで音消しとかないんだよ」という押し殺したやり取りが聞こえる。いやな予感、というかもはや確信。

立ち上がって仕切りの向こうに頭だけ乗り出す。

「おい！」

「あ」

「お疲れっすー」

四人掛けの席には、白々しい愛想笑いをする仕事仲間が三人、と、耳や首まで真っ赤にしてうつむく碧がいた。

証言はこうだ。

「え、だって西口さんきょう妙に時間気にしてたし」

「したら記者会館の前で若い女といちゃついてるのが見えて」

「うわー、タクシー乗ってっちゃったよって思って、ついついお店特定しちゃいました」

数件、心当たりに電話して「きょう、うちの西口予約してます?」と訊いたらあっさり行き当たったという。勝手が分かっているのと、多少遅刻してても融通を利かせてくれるから、なじみのところを選んだのが仇《あだ》になった。

「で」

その一音で碧がびくっと肩をふるわせるのが分かった。いや別に怒ってんじゃないんだけど。他人のプライバシーに踏み入る仕事をしている以上、自分がそうされたってあまり文句も言えないし、足がつくようなセッティングをしたこっちも悪い。常識や良識に照らせば過ぎたおふざけでも社風的には「しょうがねえなあ」となるわけだ。

「……何で名波《ななみ》くんもいるわけ?」

だからこれも、非難じゃなくて単純な疑問。まいったな、という恥ずかしさはあるが。つられて赤面しなかった自分を褒めたいよ。

「すみません」

と碧は消え入りそうな声で答えた。

「いやいや、名波さんがたまたま通りかかったから、一緒にタクシー乗せちゃったんすよ、な」

「そうそう。俺たちが強引に引っ張ってきたようなもんだから名波さんは悪くないでしょ」

「いえ、結局盗み聞きをしてしまいましたので……」

その言葉を遮って西口は「とりあえず解散しろ」と言った。

「聞いてたんなら分かるだろ、あの子はただの、別れた嫁の姪っ子。邪推されるようなことはひとつもない」

「え、それはないっしょ」

「何が」

「やだなー」

碧を除く三人はにやにやして西口を見る。

「あんな熱心にのろけるような相手がいるなんて聞いてないすよ、水くさい」

「二軒目でゆっくり裏取りましょうか」

「まあ俺は西口さんの妄想だと思ってますけれども」

「それはそれで聞きたい」

いや実在してるけど、そこに。

しかし人に言えないプライベートの線引きはあるので「アホか」と一蹴《いっしゅう》し、戻ってきた麻里香がタクシーに乗るのを見届けてから「俺の部屋で待ってて」とメールを入れた。

記者会館に引き返して週明けに持ち越したくない些事《さじ》を片づけていると、碧からの返信があった。「分かりました」の一文のみ。きまじめな恋人がおろおろしているようすは想像に易《やす》かったが、あえてそれ以上のフォローはしなかった。ちょっと悪趣味ながら、どんな顔をして待っているのか楽しみだった。いつもより早足で家路を急ぐ。

「ただい——わっ」

「……お帰りなさい」

しかしまさか、玄関先で正座していようとは思わなかった。すごく「らしい」けど想定外。

「何だよ、いつからそうしてたの」

「きょうの件は本当にすみませんでした」

思った以上に気にしているようで、深々と下げた頭が戻ってこない。西口はかばんを脇に置くとしゃがみ込んで顔を近づけた。

「いや別にいいって。大体、あいつらが無理に引き入れたんだろ?」

「僕に気を遣ってそういうふうに言ってくださったんです。本当にいやならお断りすることはできましたし、隣の席と西口さんに伝えることもできました。それをせずに黙って聞いていたのは、僕が卑《いや》しいからです」

「卑しいってそんな」

「気になってしまって」

膝《ひざ》の上でぎゅっとこぶしを握る。

「西口さんが、若いきれいな女の人と連れ立ってどこかに行ったたって……とても仲のよさそうな気安い雰囲気だったと聞いて、僕はそれが誰だか西口さんに確かめるのが怖くて、でも知りたくてたまらなかったので、ついていきました」

気持ちは分かる。自分だって逆の立場なら相当やきもきするだろう。

「誰かっていうのは、説明するまでもなく聞いてたんだからいいよな?」

「はい……姪御さんにも失礼なまねをしてしまいました。本来なら彼女にもお詫《わ》びを申し上げなければ——」

「いいよ、話がややこしくなる。それより、そろそろ顔見せてよ」

しかし碧はうつむいたままだ。いつまで俺は、コンビニ前にたむろってるお子様みたいなポーズしてなきゃいかんの。

「碧」

少々困って声をかける。まじめな反面、碧はしばしば頑《かたく》なでもある。

「ほんとに俺は、怒ってないから。事前に言うべきだったたって後悔はしてるけど。別れた嫁さん絡みだから、黙ってるほうがいいのかと思って……心配かけてごめんな」

ぶんぶん首を振る碧の頭をくしゃくしゃ撫でた。

「僕は……」

「うん？」

「西口さんが、彼女のことをきっぱりふった時、嬉しいと思ってしまいました」

「そりゃそうだろ」

「だから——僕について、あの、大げさに褒めてもらって……諦めさせるための方便だと分かっていても、恥ずかしかった。疑って盗み聞きなんかしているのに、そんなふうに言ってもらえる資格はなくて——」

「おい」

すこしボリュームを上げると、手のひらの下で髪がふるえた。

「方便だなんて心外だな、精いっぱいこらえてあの表現に留めたのに。うそも大げさもひとつもなかっただろ？」

「ありえないです」

「どの文言が？」

キスをした。

「どこの世界に、やきもちやかれて嬉しくない男がいるんだよ」

重心を移動させてフローリングに膝をつき、おずおずと顔を上げた碧にあいさつみたいな
「こっち向いてよ」と西口は言う。

伏せた鼻の頭に、朱がともるのが見えた。

「……もう忘れました」


「足、しびれてない？」

「平気です」

やっと笑った顔がかわいくて、ちょっとのつもりがもうちょっとのつもりになる。長いくちづけ。そして「もうちょっと」と書かれた積み木をどんどん重ねていってしまうわけだ、こういう時は。

「……西口さん」

「うんうん」

二の腕を軽く叩き、ここじゃちょっと、と控えめに訴える碧に適当な相づちを返し、唇を塞《ふさ》いだ。抗議の続きを紡ぎたそうに動く舌を搦《から》めとり、うんと強く吸ってやる。しなった背が脱力につられ反対側にたわみ、碧は床に手をついた。後頭部を慎重に支えながら体重を掛け、寝床でもない場所にすっかり横たえてしまう。

「……駄目ですよ」

すっかり濡れ、いつもより彩度を濃くした唇にたしなめられたって襟《えり》を正せるはずもない。しかも「まさかこんなところで」という半信半疑の奥手さが西口をいっそうその気にさせた。

ネクタイの結び目をゆるめると、きっちり留められたボタンに指をかける。精密なラッピングを無造作に剝《は》がす喜び。

「西口さん！」

「うん？」

わざとそらとぼけてみせる。

「いやです、ここでは」

「もう止まらん」

「そんな――」

ボタンホールが硬い第一ボタンは後回しにして、胸をはだけさせながら裾《すそ》を引っ張り出す。碧はまだこちらの本気度を測りかねているのか、肩や腕を曖昧《あいまい》な力で押しのけようとするだけだった。

「……や！」

淡い乳首に舌を這《は》わせる。裏側でこすりながら何度か往復すると弾力を蓄えて膨らむのが分かる。きつく吸い上げるとささやかにみなぎり、上を向いて男を誘う色かたちになる。

「あっ……」

作為を加えていないもう片方との差は歴然で、その非対称が玄関ライトの下でなまめかしく浮かび上がる。ベッドサイドと異なる照明だから肌に映える光沢も微妙に違って新鮮だ。

「……ベッドに」

「だめ」

提案を一言で跳ねのけ、ベルトに手をかける。

「やだ――」

もがく身体を身体で押さえつけ、腰《こし》を密着させて「碧」と低い声を出す。すりつけられた下肢《かし》の熱さに一瞬呼吸が乱れるのが分かった。

「このまま抱きたい」

「ずるい」

「ああ」

年の功かな、と笑ってみせて、素肌《すはだ》を唇で丁寧に辿《たど》っていく。さっき触れなかったほうの突起にも。

「ん、あ……っ」

あんまりすぐに反応するから、そのちいさな部分が、普段は刺激を待ちわびながらひそやかに息を殺しているんじゃないかと妄想してしまう。ぴんと立ち上がるのを指でいたずらに圧《お》してやれば、深い神経がつながっているのか、碧はむずかるように腰を揺らした。

「あっ……いや、あ、」

ベルトを引き抜くと下着ごと服を下ろし、興奮を剝き出しにさせる。すでに弓なりのそれは手で撫でさすってやるだけで吐精をねだって先端をわななかせた。

「いつもより感じてる？」

「知りません……っ」

「ああ、俺のほうがよく知ってるかもな」

からかいにぎゅっと閉じられた目のふちは花びらを含ませたようだった。

根元から舐め上げ、また舐め下ろして発情のかたちを思い知らせてやる。唾液の膜で卑猥《ひわい》に光るようになると指でくるんで扱《しご》いた。

「や、あぁ……！」

「ん、ああ、やっ」

鈴口の下のちいさな段差に唇を引っかけてねぶり、放出のささやかな窪《くぼ》みを舌先でつつくとたちまち苦みがこぼれ出してくる。慎重に、強すぎない手管で高めてやればとろとろと性感を濃くしたしずくをひっきりなしにあふれさせた。

性器の下まで伝ったそれごと、指先を奥へ埋める。

「っ、ああ……っ！」

そこが緊張に強張れば前に施し、すこしずつ快楽でとろかしていく。

「あ、や、や、西口さん――」

すこしずつ潤み、侵入をもっとと求める動きに変わると、その誘引に指先が感じさせられてしまう。ふだんはどちらかといえば平坦な声が、今ははちみつで煮詰めたように甘く揺れている。

どうやったらよそに目移りできるのか、教えてほしいぐらいだ。

「……やっぱベッド行く？」

顔を覗《のぞ》き込んで意地悪く尋ねると、一瞬だけ悔しそうに目を眇《すが》めてから西口の首に腕を巻きつけ「このまま」とささやいた。

「してください」

「あんまり俺を、甘やかさないでね」

「何、言って――あ、やぁ……！」

ゆっくり挿入する。碧の頭の向こうで、そろえられていたはずのスリッパがばらばらになっている。その奥にも廊下が続いていて、左右には壁があって。いつもと違う眺めと、真っ白いシャツをくしゃくしゃに乱して喘ぐ碧と。全部に欲情した。

「あ――」

正座で謝っている、小一時間後の自分も脳裏にありありと浮かぶのだけれど、まあそれはそれってことで。
西口はネクタイをむしり取り、ますます激しく組み敷いた身体を貪った。

ベイビーリップス

「聞いたか？　長尾《ながお》のとこ、五人目が生まれたらしいな」

「まじで？　何を目指してんのあいつは」

静《しずか》から聞いた同僚の近況にそう反応すると、佐伯が突然「十二」と言った。

「え、何が？」

「お前はきょう、『まじ』を十二回、『超』を五回口にした」

「へー」

「あと、『かっけー』だの『やばい』だの」

「……それが？」

「自覚もないとは恐ろしいね」

あわれみと見下しのミックスされた、要はすごく感じの悪い目つきで西口を一瞥《いちべつ》し「年考えろってことだよ」と抜かす。

「四十男のボキャブラリーかそれが。言葉が人格をつくるんだぜ、気をつけな」

思わず、真ん中にいる静の肩を揺さぶっていやな顔をされた。

「ちょっと今の聞いた？　静くん聞いてました？　ねえねえ」

「いやでも聞こえてるよ……」

「言葉遣いのダメ出しなんか地球上でお前にだけはされたくないんだけど！　なあ静」

いちいち俺に振るな、と思っているに違いないが、こういう時絶対どっちの味方にもつかない静は「西口は現場で若い連中と仕事してるから、影響されるんだろう」と穏便なフォローを入れた。

「そうそう。あと、仕事において正しい日本語を綴《つづ》らねばならないというプレッシャーの反動かな」

「お前の記事が正しい日本語だ？　校閲行ってほざいてこいよ、広辞苑《こうじえん》で殴られるのがオチだから」

「超むかつく……」

「ほらまた言ってるだろ」

腹立たしい図星、でも「言葉が人格をつくる」ってお前にもまんま当てはまってるよね。

「……そういや静って、昔っから落ち着いてるつーか、老成された感じのしゃべり方だったよな」

「ああ、うちは親が割合厳しかったから」

「教育的には毒になりそうな友達づき合いのほうを積極的に制限すべきじゃなかったのかな。

佐伯とか佐伯とか佐伯とか」

「おい、参院選の議席予想こそは外すなよキャップ。前ん時は失笑どころか同情を禁じ得なかったからな」

「その話は今関係ないだろ⁉」

「あー、静かに飲みたい……」


ひとりになってから、自分を顧みた。確かに年甲斐も大人げもない日々のトーク、いや俺だって「超絶うまい」とか「えげつないっすねー」とかは使わない、何だそりゃと思う――五十歩百歩か？

そして、これから訪れようとしている恋人の、折り目正しい言葉遣いを思わずにいられない。西口よりずっと若いのに、ずっときちんとしている――まあこれは、話し言葉に限らず。碧が「まじすか」なんて言うのを聞いたことがないし、想像もできない。使わない、ということは、嫌いなのかもしれない――あれ、俺、ひょっとしてやばい？

……ってまた使ってるよ。いかんな。自分の頬を軽く叩いてみる。

きょうの西口はやけに無口だ。というか、言葉を口の中で一周させてから話しているみたいに、会話のテンポがすこしずれる。どうしたのかな。碧は小首を傾《かし》げた。

「西口さん、お疲れですか？」

「え、いや、全然」

「じゃあ、それお口に合いませんでしたか？」

軽い夜食にと用意した、ワンタンと白ねぎのスープ。

「まさか」

れんげを手に首をぶんぶん振る。

「超うま——違う、大変おいしゅうございました」

「……あの、どうかされましたか」

「えーと」

西口はスープを飲み干し、「ごちそうさまでした」と手を合わせてから神妙な面持《おもも》ちになった。

「俺の言葉遣いにちょっとだいぶ思うところあって」

「はい？」

「何つーか……年の割にあれだなって」

西口らしくない歯切れの悪さだった。

「あれ？」

「はっきり言うと幼稚だろ？　『超』とか『まじ』とか、碧は絶対使わないから、今さらだけど反省した」

「ああ……」

言われてみればああそうかもとは思ったけれど、何と返せばいいのやら。

「あの、僕は別に何かしら思うところあってそういう言葉を口にしないわけじゃなく……単純に、使いどころが分からないからです」

「まじで？　——あ」

「そう、そんなふうにさっと出てこないんです。言語的な反射神経が鈍いというか。もちろん、自分に似合わないのを自覚しているせいもありますけど」

「似合わないかなあ」

「はい」

「確かに、碧が『まじで？』とか言ったらギャップにときめくかな」

「似合わないってことじゃないですか」

「言ってみて」

「いやです」

「えー……ごめん、話がずれた。俺は別に矯正《きょうせい》しなくてもいいってこと？」

「僕は、自然体の西口さんがいきいき話しているのを聞くのが好きです」

「……それはどうも、ありがとうございます」

西口はまじめに照れて頭を下げた。

「どういたしまして」

碧も笑って会釈すると、ローテーブル越しに頬を撫でられる。

そっと頭を傾けて身を乗り出しかけた瞬間、西口の携帯が鳴った。

「わっ……メールだ、ごめん」

「いえ」

まだ何も始まっていないのに、そそくさと髪の毛なんか直してしまう。メールを確認した西口はなぜかみるみる赤くなり、「死ねっ」と口走った。これはたしなめておく。

「駄目ですよ、そんなこと言ったら」

「すいません」

「どなたからだったんですか?」

「悪魔」

「え?」

まさか、「そのままのあなたでいい」とか言われて、でれでれ鼻の下伸ばしてんじゃねえだろうな——悪魔はそう送ってきたらしい。

あの時代を忘れない

「しかし十七年てすごいよなー」

西口がしみじみつぶやいた。

「冬梧《とうご》大丈夫？　歴代の総理言える？」

冬梧は軽く頭をひねって「たぶん」と自信なさげに頷いた。

「思ってもみなかった名前あってびっくりしますけどね。え、いつの間にそんな大物になってたんだろうって」

「分かる。俺も最近自分内データの更新が怪しくてさ、議事堂歩いててびっくりする時あんだよね。あれっまだ生きてる……みたいな。逆に、この頃見かけないなーと思ってたら、あー去年死んだわって」

「それ単なる老化じゃないですか。俺の物理的要因での断絶と一緒にしないでくださいよ」

「何だと」

まあまあと西口をいなし、良時は「和久井《わくい》がいた当時の日本ってどんなだったっけ」と言う。

「覚えてるのは……横山《よこやま》弁護士？」

「いたなー！」

「ナホトカ号の重油流出」

「あった」

「あと、たまごっちってもう誰もやってないんですか」

「再ブームきてなかったっけ」

「失楽園」

「懐かしー！」

「――あ、ちょっとすいません」

冬梧が席を立つのを確かめ、西口が軽く肩をつついてくる。

「うん？」

「あいつちょっと変わったかも、ってお前が言うから、俺ちょっと緊張してたのに、全然変わってねーじゃん」

いつ緊張してたんだろうと思いながら良時は「そうだな」と同意する。

「俺の勘違いだったかもしれない」

あるいは、こそこそ電話をかけに行っている相手と関係があるのかもしれない。それは自分たちの与《あずか》り知らない冬梧の時間だ。

「もー、年食って心配性になっちゃってえー」

「西口も全然変わらないな……」

「え、ありがとう」

「褒めたか？　いやどう受け取ってくれても構わないが」

「でもさ」

「うん」

「この年で言う『変わらない』って、『そんなわけないんだけど』っていう前提をあらかじめ内包してるよな。変わらないって思ってる自分がすでに変化した後なんだから」

「……なるほど」

「何だよ」

「いや、十七年前の西口からは出てこない理知的な発言だと思って驚いた」

「どーゆー意味だ」

「いやいや……」

とりあえず今夜は、早いところ冬梧を解放してやろうと思う。

あたらしい陣地

香港《ホンコン》の冬も、それはそれなりに寒い。一年のほとんどは半袖《はんそで》で外出できる気候、なればこそ住宅には暖房の設備がなく、湿気に強いタイルの床は容赦《ようしゃ》なく足元を冷やし、それなりのお家賃のところでも隙間風《すきまかぜ》がけっこう入り込む。年明けの旧正月のあたりなんかへたすれば家の中で毛布に包《くる》まって身動きが取れず、実は毎年のように凍死者も出ている。やたらと人馴れしているすずめが日本と同じく羽根をふくりと膨張させて丸くなっているのかどうかはまだ未確認だ。

十二月の半ばにさしかかったきょうも最低気温が十度を割る、当地にしては結構な冷え込み。でも大きく息を吐いたのは、白さを確かめたかったわけじゃない。

「またため息。最近多くない？」

隣に座る美蘭《メイラン》がたしなめた。

「ため息つくとストレスが軽減されるんだよ」

「それを間近に聞かされる私のストレスはどうすればいいの？　ふたりではあはあやり合ってりゃいいわけ？　一束《いっか》の前でもそうなの？」

「一束の前では気をつけてる」

「失礼ね！」

美蘭は圭輔《けいすけ》の膝《ひざ》を軽く叩《たた》き「これから三時間はため息禁止だから」と言い渡した。

「分かってるよ」

タクシーが向かう先は金鐘《アドミラルティ》近くの高級ホテル、そこで領事館主催の大規模なパーティが開かれる。外交官はもちろん、金融を始めとするビジネス関係者とその家族、芸能人やマスコミ、香港在住歴の長い日本人まで、数百人を超える招待客が集まる予定だ。妻もおらず、社交に不慣れな圭輔にとって美蘭が同行してくれるのはありがたかった。語学にも話術にも長《た》けているし、親の威光があるので顔も広い。本人もドレスや靴をお披露目できる機会は嬉《うれ》しいらしい。

ただ、こういう時に一束を除外してしまうのにはかすかな罪悪感を感じる。もちろん支局のスタッフとして一束を加えても問題はなく、誘ったところでドレスコード厳守の面倒くさい催しなんて本人がいやがるだろう。それは重々承知している。車がホテルの正面に止まり、シルクハットをかぶったドアマンが丁重にドアを開ける。圭輔は最後のため息を飲み込み、笑顔をつくった。

バンケットルームには大きなクリスマスツリーが飾られ、総領事のスピーチと乾杯がすんだら参加者はシャンパングラス片手にあちこち回遊し始める。要は異業種交流会だから名刺交換やごあいさつのチャンスを求めて皆けっこう忙しそうだ。圭輔は手持ち無沙汰《ぶさた》でツリーを見上げていた。一応は社の顔として来ているので、ローストビーフのテーブルに突進するわけにもいかないし、マスコミ仲間なんていつでもしゃべれるし、この手のかしこまったパーティには未だに慣れない。

顔と名前を繋《つな》いでおけばあとあと便利な局面もあると分かっているが、互いに打算を秘めた状態で人と知り合う、という大人の社交が苦手なのだった。美蘭に話せば「いい年して何を言ってるの！」とどやされるに違いない。でも一束なら、しょうがないなって感じの苦笑を洩《も》らしつつ「お疲れさまでした」とねぎらってくれる。ああ、帰りたいな。

「ちょっと、精力的に動きなさいよ。領事と話はした？」

などと考えているそばから美蘭がせっつく。

「今拝謁《はいえつ》の列をなしてるじゃん、もうちょっと後でいい」

「ほんと、現場の取材以外にはやる気を見せないわね……」

「領事館のパーティって着物のマダム多くて怖いんだよ、うっかりソースでもこぼしたら切腹もんだろ」

「バカね、好きで着てると思ってるの？　夫の顔を立てて日本文化をアピールしてあげてるんでしょ。実際大変だと思うわ、着付けとか着物のランクとかあれこれ品評されそうだし」

駐在員にもヒエラルキーがある、と前に一束が教えてくれた。領事をトップに外交・金融・メーカー・その他。幸い、マスコミは例外というか、よくも悪くも別枠だ。

「美蘭もチャイナドレス着れば？」

「昔着たけど、目立ちすぎちゃって懲《こ》りたの」

涼しい顔で答える。

「私も若かったから、好きなおしゃれをしてもいいんだと思ってたけど、こういう場ではほどほどが大事なのよね。佐伯《さえき》さんに怒られたのを覚えてるわ。浮くな、俺が仕事しにくくなるって」

「そういうもんか」

顔なじみの、外資系証券会社の重役が近づいてきた。もちろん奥方さまも一緒だ。

「弓削《ゆげ》くん、きょうもかわいい彼女と一緒なの？」

「お疲れさまです、ええまあ仕事につき合ってもらうかたちで」

「そうやってふたり並んでるとお似合いねえ」

「いやいやとても釣り合わないですよ」

「ご謙遜ね、結婚しちゃえばいいのにって私たちよく話してるのよ」

「残念ですけど、明光《めいこう》新聞のお給料じゃとても私のお財布は賄《まかな》えないわ」

美蘭が軽くあしらい「前菜を取りに行きましょうよ」と夫人を連れ出してくれた。

「弓削くんさあ、こないだ君んとこが抜いてた、日の丸生命とエリクサー生命の合併話ってどこまで本当？　両方とも否定してるけど、よっぽどの確証摑《つか》んでなきゃ記事にしないでしょう」

「いや、僕全然知らないですよ。東京の経済部発信ですし」

「そんなこと言ってー。ちょっと、ちょっとだけ当たってみてくれない？　ネタ元と情報の精度を」

「それは知ってたとしても親にも話せないことですからねー」

「そこを何とか」

これはこれで面倒な話題だ。適当にかわしていると、ふと耳の後ろにちりっと誰かの視線を感じた。それなりの意思、というか熱量を持って圭輔を見ている。誰かが。

つい、会話の途中で振り返った。きょうこの場ではちっとも珍しくない着物が目に入る。黒地に、雪をかぶった南天の模様。

「……弓削くん？」


三時間超のパーティが終わると美蘭は圭輔とタクシーに乗り込み、なぜか湾を挟んだ対岸、九龍《ガウロン》エリアのホテルを指示した。

「あそこのバー、人気《ひとけ》がなくて好きなの」

「何だよ、飲み直すんならさっきのとこでもよかったのに」

「ふたりきりで二次会してるところなんて見られたくないわ」

「じゃあ解散しようよ」

「事情聴取しなきゃいけないでしょ」

あまり穏当でない単語を口にし、店に入ってカルヴァドスで口を湿すとカウンターに肘《ひじ》をついて切り出した。

「私って、あなたの運命的な再会に立ち会う運命？」

「何の話？」

「とぼける気？　誰、あの和服美女」

「美蘭のほうが美人だよ」

「ごまかされないわよ。見てたんだから……ずいぶん親しげだったじゃない」

「ほんと目敏《めざと》いなー」

「あなたが頓着しなさすぎなの！」

サンミゲルの泡にちらつく照明の光ごと飲み下すと「同じ大学だったんだよ」と言った。

「旦那があおい銀行で働いてて、この秋から香港勤務になったんだって。まさかこんなとこで会うとは思わなかった」

「で？」

「でって？」

「今のうちに全部白状しておいたほうが身のためよ」

「何でそんな怖い言い方するかな」

おかしい、ほんの五分の立ち話で近況を伝え合ったに過ぎないのに、美蘭の目にはもっと違うものが映っていたらしい。圭輔は渋々「分かったよ」と答えた。

「ちょっとだけつき合ってた、大学ん時。でももう十年以上前の話だし、すっかり忘れてたぐらいだよ」

「ふうん、どうしてつき合うことになったの？」

「たまたま出身地が同じだったから、じゃないかな。ローカルトークで盛り上がって」

「どうして別れちゃったの？」

「え、そこまで訊《き》く？」

「古傷が痛んで話せないっていうなら仕方がないけど」

「やーめーて」

傷というか、後悔はある。でもそれは、もっと関係を続けたかったという悔いでなく、単純に自分の愚かさを苦く思うだけだ。

「俺、故障して水泳やめちゃったんだけど、その間のいろいろを、どうしても彼女に言えなかったんだよね。それで、こう、溝っていうか」

——弓削くんにとって、私ってなんなん？

とうに忘れ去っていたはずの非難の響きが、案外鮮やかによみがえってきたのは、十数年を経た張本人と会ったばかりだからだろう。ちょっと声変わったな、と思う。大学時代の気取らない関西弁と打って変わって淀みのない標準語でしゃべっていたせいかもしれないが、角が取れてまろやかかな、言ってみれば大人の女の落ち着いた声音だった。彼女の耳に圭輔の声も違って聞こえたのだろうか。

「どうして話さなかったの？」

「何でだろうな……うーん、その時は言えなかったとしか言いようがない」

「……昔、倫子《りんこ》がそんなこと言ってたわ」

「倫子が？」

「そう。姉妹揃《そろ》って遊びに来て、一束も一緒に食事したでしょう？　あの時よ」

「樹里《じゅり》がいきなりキレた時？」

「樹里にとってはいきなりじゃなかったの。あなたが、自分のことを何も教えてくれないのがもどかしかったみたいよ」

懐かしいわね、と笑う美蘭に、懐かしいと思えるほどの時間が経ったのだと思い知らされる。この街で積み上げた思い出のほとんどすべてに一束がいることも。

「近しい人であればあるほど弱みを見せられない性分？」

「弱みっつったらもともと強い人間みたいだから違うな。弱いから、自分の中だけで踏みとどまってたくて黙るんだ」

「それって一束に対しても？」

「そうかも」

「だからため息もつけないのね。ちょうどいいわ、ついでにため息の理由も聞いてあげる」

何とも見え透いた誘導尋問、でも美蘭なりに心配してくれているのだろう。圭輔は苦笑を引っ込めると話し始めた。

「いや、何のことはないんだけど、人事異動が」

「春と秋でしょ？」

「最近は一月一日付異動って迷惑なもんがあるんだよ。秋異動でうまくいかなかったとこ微調整してるみたいだな。……それに引っかかるんじゃないかってひやひやしてて」

「異動したくないの？」

「そりゃそうだよ、どこ行かされるか分かんないのに」

今回は大きく動くらしい、あるいは小幅らしい、記者系をだいぶ弄《いじ》るみたいだ――人事に関する憶測はその都度香港にまで届いてきて（的中率はいいとこ半々――という実感だが）、辞令が出揃うまで気を抜けない。

「でもあなたみたいな働き盛りの記者がひとつところに塩漬けにされてるのもよくないんじゃない？　仕事を評価されてないってことだもの」

痛いところをついてくる。

「そうなんだよなー。だからせめて外報以外の部署で日本に帰るとかならいいのにって思ってる。社会部なら古巣だし……」

遠距離にはなるが、最低二日あれば会いに行けるし、一束が日本に来るタイミングもあるだろう。これが外報のまま遠くへ赴任となれば、へたすると年に一回支局を離れられるかどうか。しかし美蘭は「何言ってんの！」と圭輔の背中を叩いた。物理的に痛い。

「情けないわね、若いうちにどこでも行かせてくださいって言うのが男でしょ！」

「俺だってそう思ってたけどさ」

とまたため息が出る。

「超遠距離で全然会えない生活とか想像したら目の前真っ暗になるよ」

「じゃあ連れていけば？」

いとも気楽な提案をされた。

「一束、英語できるしどこでも困らないんじゃない？」

「無理に決まってんだろ……身分とか生活を俺が保証してやれるわけでもないのに」

「ああ、そうね、あなたたち結婚できないから、駐在妻みたいにはいかないのよね……でもそんなの、最初から分かってたでしょう？　あなたは転勤ありきの新聞記者」

「考えないようにしてた」

また会えて、好きになってもらえて、圭輔にとっては日常じゃないこの街で、長い長い夢のような夏休みのような時間を過ごしてきた。バーテンダーの背後にある酒瓶《さかびん》やグラスの、磨き上げられて美しい光のような。でも一年、二年と経っていけばいやでも現実は見えてくる。

「いっそあなたが会社を辞めてこっちで仕事を見つければ？　いろいろコネもできたでしょう」

「現実的じゃないし、一束もそんなの望んでないと思うよ。それに……」

「なあに？」

「美蘭の前で言うのは悪いけど、俺は香港が好きっつったって、それはやっぱり一生の場所だと思ってないからだ。多少長くいて、言葉ができるようになったって、気楽なお客さまに過ぎない。帰るところはって訊かれたら日本だ」

「ああ、別にいいわよ、当たり前じゃない」

美蘭は軽く肩をすくめ「この街はそんな人でいっぱい」とつけ加えた。

「それより、あなたたちの件だけど、総合的に考えて、そうね、私なら別れるわ」

「おいー……」

顔が映るほどつややかな焦げ色のカウンターにうなだれる。

「そんなざっくり結論出すなよ」

「私なら、って言ったでしょ。どんなに愛し合ってても、満足に会えない人生はいやだなって思っただけ。それなら二番目に好きでずっと一緒にいてくれる人のほうがトータルで見てお得じゃない？　好きなまま別れられるのって、すごく幸せだとも思うし」

共感はできない、がある種もっともな意見だとは思う。きょういちばんの深い息を吐くとテンションを落とし込んだ当人が「元気出しなさいよ」と今度は背中をさする。

「あなたたちが決めることでしょ。遠距離だって、Skype に FaceTime に、コミュニケーションの手段なんかいくらでもあるじゃない。現代人は恵まれてるわ」

「あー、そーね……」

元気づけてほしいわけじゃなかったが、ドライに現実を突きつけられていっそうへこんだ。現実なら一束もとっくに知っている。佐伯が去り、圭輔が来た。そして圭輔もいつか香港を後にする。ただそれをふたりの間にでんと据《す》えて、さあどうしましょう、こうしましょう、と直視するのが怖い。連絡もままならない離れ離れになっても俺の気持ちは変わらないから、一束も変わらないでくれ、とはっきり言葉にする勇気が出なかった。一束の気持ちを疑うわけじゃなく、単純に自分自身の弱さの問題だ。

肌寒くて疲れた夜は、ゆっくり湯船に浸《つ》かりたい。でも一応高級の部類に入るマンションにはシャワーブースしか備わっていなかった。一年のうち十カ月は問題なくとも、残り二カ月のうちにそれがもの足りなくてたまらない晩が何度かある。きょうみたいに。ホテルの浅くて長いバスタブはあまり好きじゃないし、熱い湯をたっぷり溜めて、凝《こ》りや疲労を溶かしてしまいたいのに。やけに切実に日本が恋しかった。

さっとシャワーを浴び、濡《ぬ》れた髪をろくに乾かしもせず冷え込みに耐えて煙草《たばこ》をふかしていると電話が鳴った。末の妹からだった。

「おう、どないしてん」

『あんなー、今な、八チャンつけてんねんけど、鳥羽《とば》さん映ってんねん！』

倫子は興奮気味にしゃべった。

「え、何で？」

『あー、何かマカオのグルメ旅みたいな特番。コーディネーター役で出てはるわー』

「いや役ちゃうやろ」

『あ、そっか』

「めっちゃ出てんの？」

『んーん、お店の紹介とか、こちらですー言うて、映るいうか見切る感じやけど、知ってる人がテレビ出てるとテンション上がるな』

「田舎《いなか》もんか……」

『そっちこそ何すかしとんねん。鳥羽さんてやり手なんかな？』

「あー、そうなんかもな」

おそらく、手堅さを買われているんだろうと思った。支局の仕事もきっちりこなしてくれるし、何より一束相手だとギャラ交渉もしやすそうだ。安易な妥協はないが、ふっかけたり後から追加料金を持ちかけたりというずるさもない。美蘭にはよく「無欲すぎる」と怒られているが、欲張らないほうが結果仕事も増える、というスタンスを崩《くず》さない。

一束は自分の足で立ち、自分の力で道を拓《ひら》いて生きてきた。こんなに狭く目まぐるしくい加減で厳しい、香港という街で。大手新聞社の名前に助けられて働いている自分がふがいなく思えるぐらいだった。たとえ一生何不自由ない暮らしを提供できるとしても、一束の築いたものを取り上げる権利なんて圭輔にはない。

『ま、何気にかっこええしな。お兄、正月帰ってくんの？』

「あー、無理」

『ほんなら、よいお年を』

「早いな」

大して口をつけないまま灰ばかり伸びた煙草をねじり消して二本目、三本目と消費し、四本目に火をつけた時、一束がやってきた。

「お疲れ」

「お疲れさまです」

灰皿を覗《のぞ》き込むと「ほんとにお疲れみたいですね」と言った。

「三本も吸ってる」

「領事館のパーティ」

心得た、というふうに頷《うなず》くと「あっち行きましょう」と寝室を指差す。

「ああ……」

「マッサージしてあげます」

「え、いいよ」

「いいから、ほら」

手を引かれてソファから立ち上がり、隣の部屋に行くまでの短い距離、ぎゅっと指に力を込めると一束は「子どもみたい」と照れくさそうに笑う。押し倒してしまいたい気持ちを自分の中で量り、もうちょっと後でいいやとおとなしくベッドにうつ伏せた。肩のつけ根に両手がかかり、強く優しく筋肉をほぐされた。腰の後ろにまたがった一束の体重も、妙に心地いい息苦しさをもたらす。

「気持ちいいですか?」

「うん」

「肩、痛かったら言ってくださいね」

「大丈夫——……あ、そこ、いい感じ」

「このへん?」

「ん……」

ぐ、ぐ、と圧《お》されてこぼれる自分の息が枕の表面をわずかにそよがせる。一束が力むとスプリングもつられて軋《きし》む。腕や手の甲に浮いているだろう、青緑の、男にしては細く途絶えそうな血管を頭に思い描いた。

「さっき、倫子から電話あって」

「はい」

「日本でテレビ見てたら、一束が出てたって」

ぴたりと手が止まり、やがて「ああ」という声とともに動きを再開する。

「出てたってほどじゃないでしょう、先月ぐらいにマカオでロケした番組ですね」

「テレビ映ってるなんてすげえじゃん」

「新聞記者に言われても」

肩から上腕、背中から腰。一束の手は何かの下ごしらえみたいに丁寧に主輔をほぐしていく。

「それが用件だったんですか?」

「リアルタイムな驚きをお届けしたかったみたい」

「俺も、もうすこし早く帰ってくればよかった」

「何で? あいつとしゃべりたかった?」

「聞きたかったんです」

背骨の埋まる溝に、まっすぐ親指が這《は》う。

「妹さんとしゃべってる時は、先輩関西弁だから」

「つられるんだよ」

「俺が頼んでも全然しゃべってくれないのに」

「いや別に意地悪してるわけじゃなくて、ほんとに出てこないんだもん」

自分でも自分の回路がふしぎなのだが、意識すると抑揚やら語尾やらに迷って舌がもつれてくる。

「何でそんなに訛《なま》らせたがんの」

「かわいくて好き」

という口調がやけに素朴でかわいかったので、圭輔は一束を乗せたまま無理やり身体《からだ》を反転させて上体を起こした。

「まだ終わってないですよ」

「もういい」

唇を塞《ふさ》いで、パーカーのジッパーを下ろす。長袖のカットソーの裾《すそ》から素肌に触れるとなめらかにひんやりしている。涼しい日陰に置かれていた果物をまさぐっているようだ。

「……疲れることとしようとしてます？」

「最終的にはすっごく癒されるから」

「もう……」

　でも、不満げな一束をゆっくりとシーツに押しつけて下腹部を確かめるとほかの部分と裏腹に熱く、熟《う》れ始めていた。

「……あれ、実は結構その気……いてっ」

　圭輔の耳を引っ張る一束の耳も、赤い。

「先輩が、へんな声出すから……」

「え？」

「マッサージしてる時」

「出してないって！」

　気持ちよさに「あ」とか「ん」とかこぼしたかもしれないが。

「へんな声出てんだとしたら、一束がへんな触り方したんだよ」

「してません」

「水掛け論じゃないかなー」

　もう一度、今度は有無を言わせない深さでくちづける。二の腕を押し返そうとする抵抗はちっとも本気じゃない。興奮されたことに圭輔も興奮し、荒っぽくはないけど性急に、少々即物的な手つきで身体を求めた。

「あ……っ」

こういうやり方は、ある程度つき合いを重ねないとお互いに怖くて無理だ。傷つけないという信頼と、肉体の歓《よろこ》びを分け合う期待が肌になじんで初めてできる。圭輔より幅も厚みも乏しい、でも確かに男の骨格と肉づき。弾力と曲線を持たない代わり、潔癖に削《そ》がれたことで際立つなまめかしさにいつもくらくらする。胸にうっすら残る傷跡さえなくてはならないものだった。このかたち、この身体がいとおしい。つながる箇所に人工の潤滑を用いる手順はもう何ら不自然ではなかった。

「あ、せんぱい――」

大きく息を吸って、一束の内に深く潜っていくような交合。その瞬間、圭輔の中にも一束がいる。吐き出した泡がうねりながら昇り、皮膚《ひふ》に浮き上がって快楽になる。

「一束」

「あっ、ああ……」

離れていて、つながる方法なんていくらでもある。でも身体のことは身体にしかできない。くっついてこすれてくっついて絡んでくっついて押しつけて、くっついてくっついて。くっつく、より、ひっつく、のほうが密着感があって圭輔は好きだった。これも方言だっけ？　ずっとひっついていたいのに。射精した後も射精させた後もあしたもあさってでも来年も、その先も。

煙草の火を、きちんと消していなかったらしい。水が飲みたくなり、眠っている一束を起こさないようそっとベッドを抜け出すと、ダイニングテーブルの灰皿に細長い灰が残っていた。とても長い時間が経ってしまったような気がする。

美蘭が買ってきてくれた新しいＩＣレコーダーは非常にデザイン性が高く、近未来的というのか宇宙と交信できそうな見た目で端的に表現するとおしゃれすぎて使い方がよく分からない……と述べると「おじさんみたいなこと言わないでよ」と叱《しか》られた。

「説明書き、読んであげましょうか？」

「いいよ、自分で読める」

「成長したわねえ」

「バカにしてる？」

「まさか。……誰か来たんじゃない？」

「ごまかすなよ」

「ほんとよ、ほら――」

二度のノックの後、「ごめんください」という日本語とともにドアが開き、顔を覗かせているのは数日前に会った元恋人だ。圭輔は一瞬戸惑ったが「こんにちは」とごくごく無難に返した。

「ごめんなさい、たまたま通りかかっただけなんだけど、先日頂いた名刺にこのへんの住所が書いてあったな、と思い出して。パーティではばたばたしていたから、改めてご挨拶だけでもと……今、お忙しい？」

「いや、大丈夫。どうぞ、座って」

パーテーションで区切られたささやかな応接スペースに案内すると、美蘭の冷ややかな視線が刺さった。

「何だよ」

小声で言うと「注意したそばから」とこれみよがしにため息をつかれた。

「挨拶って言ってんじゃん、勘繰《かんぐ》るなよ。いっさい関わるななんて態度取ったら、銀行との関係まで悪くなりそうだろ」

「私がシフトの日で命拾いしたんじゃない？　運のいい人」

いやみを言われ、はたと思い出した。そういえば、一束にまだ話していなかった。単純に忘れていたのだ。ふたりきりでいる時に思い出すほどのことでもなかった、それだけの話。加えて一束は別の泊まり仕事が入っているとかで、パーティの翌朝には深圳《シンセン》に行ってしまった。

「どうしたの？」

「や、何でもない」

とにかく邪推禁止、と言い含め、ようやく来客の向かいに腰を下ろす。

「ほんとに大丈夫？　出直しましょうか？」

「あ、全然平気――秋からだと、こっち来てもう二、三カ月経ってんの？」

「ううん、夫は十月からおったけど、日本でいろいろやることあったし、私は先月引っ越してきてん。全然慣れへんわ」

彼女はさらりと関西弁を口にし、圭輔も一瞬でつられて「来たばっかりやから」と返した。するとパーティの時よりはずいぶんシンプルな化粧を施した顔にみるみる笑みが浮く。

「あ、何や、弓削くんこないだめっちゃ標準語やったから完全に東京の人になってもうたんかと思った」

「自分が標準語やったし、空気読んで合わせてんけど」

「あー、そうなん？　ちゃうねん、夫が関西弁嫌いで使わんといてくれ言うから封印してんねん」

「へえ」

何やそいつ、と喉《のど》まで出かかったがこらえた。よその夫婦の事情だ。

「でも、久しぶりにこうしてしゃべったらほっとするわ。実家帰ったみたい」

そうか、と圭輔は思った。おそらく彼女は軽いホームシックで、なじんだ言葉を聞きたくてここに来たのだ。ふるさとの訛り懐かし……という、その気持ちは分かる。

「弓削くん、結婚してんの？」

「いや」

「つき合ってる人は？」

「おるよ」

「ふうん」

膝の上で頰《ほお》づえをついた、その拍子に薬指のリングが光る。

「ちゃんと、何でも話してるんかー？　つらいとかしんどいとか」

恨みでも未練でもなく、圭輔を心配しての言葉だった。

「……あ、笑ってる、ごまかしてはるわ」

「いやいや……俺みたいなんには難しいねんけど、好きやから、愛想尽かされんように頑張る」

「せやで、私かってほんまは慣れ親しんだ口調でしゃべりたいねんで、でもしゃあないやろ、そういうことやで」

「何や、のろけに来ただけかい」

「結果的にはそうなったなあ」

照れ笑いの中に、過去のはつらつとした面影《おもかげ》を見る。だからといって心が動いたりはしないが、いかにも奥さま然とした顔の下にちゃんとこの人らしい面が生きているのだと分かってほっとした。

一階まで見送ってオフィスに戻ると、知らん顔をしている美蘭に「ほら、大丈夫だっただろ」と話しかけた。

「何が？」

「聞いてたくせにとぼけんなよ」

「こんな狭いとこじゃ聞きたくなくても聞こえるわよ。方言でしゃべられると意味が取りづらいし……それより、あしたのインタビュー通訳、家の用事が入っちゃったの。一束に引き継いでもいい？」

「まだ深圳だろ」

「あしたの午後には身体が空くって言ってた。新界《サンガイ》のハイアットリージェンシーでしょ？　東鉄線《イーストレールライン》で一本だから深圳から直行するって。取材の資料一式とかカメラ類は一束のホテルまできょうじゅうに届けさせるから。それでいい？」

「了解」

夜の十時頃家に帰ると、打ち合わせをかねて一束に電話した。

「もしもし？　あしたのことなんだけど、美蘭から資料とか届いてる？」

『はい』

あれ。何だか声が硬い、ような。

『あしたまでに読み込んで把握しておきます』

「頼む」

『ハイアットのティールームで四時からですよね、十五分前に現地集合で大丈夫ですか？』

「うん」

電話越しだし、最初は気のせいかとも思ったが、一束の口調は終始うすい殻《から》に覆われたみたいだった。きょうも寒いなとか、そっちの仕事うまくいってる？　とか話題を変えてみても破れない。

「……一束、何かあった？」

ストレートに尋ねると、間があった。よほど安いホテルに泊まっているのか、誰かのけたたましい笑い声だけが聞こえてくる。え、俺何かした？　仕事でいやな目に遭ったとか具合悪いとかじゃなくて？

美蘭が何か言った？　――いや、いろいろ口出しはするけど節度はわきまえている。

『先輩』

そう呼びかける前、一束は確かに細いため息をもらした。

「はい」

思わず居住まいを正す。

『レコーダーのデータ、ちゃんと確認したほうがいいですよ』

「え……え、あー……ああ⁉」

あれこれ弄くった挙句、よく分からんと電源を切り来客があったのでポケットに入れ、その後デジカメや資料と一緒に美蘭に託した。

……電源を切った、つもりだった。煙草の火を消したつもりだったように。

「え……ひょっとして何か録《と》れてました……？」

『先輩がいちばんよく知ってるんじゃないですか』

「あ、そっすね……えと、お聞きになりました……？」

『さあ』

恐縮ばかりしていても始まらない。圭輔は素直に「ごめん！」と謝った。ただの知り合いと言い逃れるという考えはない。

「録音されてた会話の相手は、その、昔つき合ってた人で、こないだの領事館の集《つど》いで偶然会ったんだ。言うの忘れててごめん。でも、聞いてもらったら分かるけど、ただ雑談しただけでお互いにこれっぽっちもそんな気ないから」

『そんなの分かってます』

一束が遮った。

『最終的には嬉しいこと言ってくれてる』

その言葉にほっとする暇もなく「でも」と続いた。

『俺が頼んでも駄目なのに、すらすら関西弁しゃべってる』

「それはもう条件反射的なさ、」

『そんなのも分かってます』

再び圭輔に最後までしゃべらせず「すごく楽しそうだった」とつぶやく。

『声が明るくて……最近、ちょくちょく上の空になる時があったから余計に、懐かしくなって、しょっちゅう会ってるのに何で懐かしいんだって悔しくなって』

美蘭にだってテンションの低さを気づかれたのだから、うわべだけ取り繕《つくろ》ってみたって一束に伝わらないわけがなかった。

俺が楽しそうだったんなら、それは彼女が俺の世界とはもう関係のない人だからだよ、と思う。だから憂いをひとときを忘れられた。向こうだって同じに違いない。でも、口に出したらまた「そんなのも分かってます」と言われそうだった。理屈じゃない。

「一束」

『すみません』

重たく沈んだ声。

『携帯の充電が切れそうなのでこれで。あしたの件は心配しないでください』

本当なのか口実なのか分からないが、電話を切られた後かけ直してももうつながらなかった。あしたちゃんと話そう、とメールだけ送ってまた煙草に手を伸ばす。

外報行きの辞令を聞いた時はいやだった。でも香港だと知って、一束を思い出し、一束を思って、とにかく飛び込んでみようと気持ちを切り替えられた。皮肉なもので、今は一束を思うほどどこにも行きたくないと尻込《しりご》みしてしまう。

寂しい唇に、どんどん灰が迫ってくる。


香港島や九龍に比べると観光的な知名度はぐっと低いが、実は九龍半島のほとんどを占めているのが新界地区だ。高層マンション群がそびえ、大型のショッピングモールが進出するベッドタウンだが、過密都市香港にこんな土地が、と思うほどのどかな郊外の農村風景にも出会える。中心地とはまた違う香港の日常が垣間《かいま》見《み》えて、圭輔は割と好きだった。

朝から曇《くも》りで、陽射しのなさがそのまま寒さに直結していた。天気のせいなのか、ゆうべのあまりよくないやり取りのせいなのか、中環《セントラル》や尖沙咀《チムサーチョイ》の陽気な人混みでは感じたことのない侘《わび》しさめいたものを覚えた。この感じは日本の冬にちょっと似ている。色彩のすべてが一段階暗くなってくすむような。日本でだとそれもひとつの風情として味わえるのだけれど。

ネット通販サイトの運営で世界的に成長している若手実業家へのインタビューで、一束は言葉どおりにプロフィールや会社の業績をしっかり把握してくれていたので取材はスムーズに進み、日本のどこに行ったことがあるなんていう雑談も弾んだ。

終わる頃には、きょう一度も明るくならなかった空が暗いままで暮れようとしていた。入り江に面したホテルから望む海もどんより淀み、ネオンが揺らめく維多利亜港《ヴィクトリアハーバー》の景観とはまるで違う。

「ここでめし食って帰る?」

「こういうとこ落ち着かないんで、九龍まで戻ります」

「タクシー乗っていこう」

「大学《ユニバーシティ》駅まですぐそこですし大丈夫です」

「そっか、じゃあ俺もMTRで帰る」

一束は何か言いたそうにしてから口をつぐんだ。いいえ先輩はタクシーでどうぞ、とそっけなくしかけたが、そこまで意地を張るような問題でもない……たぶん、そんなふうに思っている。本気で腹を立てているわけじゃないがもやもやが晴れない、その気持ちも分かる。ちょっと間を置くほうがスムーズに修復できるのかもしれなかった。

でも圭輔は、ホテルを出ていく一束についていった。

「一束、仲直りしよう」

「喧嘩《けんか》してるわけじゃないですよね」

「そうだけど、適切な表現が見つからないんだよ」

「記者のくせに？」

「俺なんか、一束や美蘭がいてくれなかったら何にもできないよ」

「そんなこと……」

そこは律儀《りちぎ》に振り返って否定しようとするのがおかしく、つい笑ってしまうと「何ですか」とむくれた。

「いや、いつまで一束とこんなふうに、当たり前みたいに過ごせるのかなって」

え、と一束の眉間《みけん》の溝がたちまち消える。

「あ、違う違う、具体的な話があったわけじゃなくて、俺も香港来てけっこう経つから、そろそろなのかもって考える時が最近多くて……心配かけてごめんな」

一束は、何と言っていいのか分からないような、困ったような表情になる。そんなこと言われたって、最初から決まってた話じゃないですか、と思っているのかもしれない。一束の困惑を、どうフォローすればいいのだろうか。こっちから切り出した以上「そろそろ」の先について話さなければならないわけで——。

「——あ」

一束が不意にちいさく洩らした。そして圭輔を見てぱちぱち瞬くと「先輩」と言う。

「はい？」

きょとんと返すと、小首を傾げて考え込む。え、今の返事、間違えようがあったか？

「一束？」

おそるおそる呼びかけると、一束はいきなり車道に向かって片手を上げ、飛び出さんばかりの勢いでタクシーを止めた。

「え？　え？」

「先輩、早く」

そして後部座席のドアを開けて圭輔を引っ張りこむ。やっぱり寒いから車にした、というわけではなさそうだった。

「どうしたんだよ、いきなり」

それには答えず運転手に早口で行き先を告げる。圭輔に聞き取れたのは「タイモーサン」という単語だけだった。

「尖沙咀に帰るんだろ？」

「ちょっと寄り道を。三十分もかからないはずですから」

「どこ？」

「ドライブです」

と、詳細は教えてもらえなかった。タクシーは入り江に沿って九龍方面に走ったが、土地勘もないのでどこに向かっているのかすぐに分からなくなる。なだらかな、丘と呼ぶのか山と呼ぶのかはっきりしない緑の隙間を縫い、やがて「大帽山」という標識が目に入ってようやく「タイモーサン」を理解した。確か、香港の最高峰……といっても標高は一〇〇〇メートルもなかったはず。一束は運転手に「行けるところまででいいから」というような指示を出していた。低い割に勾配はきつそうだが、舗装された登山道を車で登っているだけなので関係ない。野生の牛の一団に出くわしてびびったぐらいだった。豊かな緑が広がり、その合間に3Dグラフみたいな集合住宅群が覗く。もっと晴れて暖かな昼間、歩いて登ったらきっと気持ちがいいだろう。

一束が何をしたかったのか、は道の途中で分かった。

ひらひら、白い埃《ほこり》がヘッドライトの中をちらつき始める。

「シュ！」

運転手がちいさく叫ぶ。雪、と。

「うっそ……香港に、雪って降るのか？」

「昔、何度か降ったって聞いたことがあります。でも俺は初めて見ました」

一束の声にもかすかな興奮がにじんでいる。

「さっき、降ってた？」

「鼻先がひやっとしたんです。雨かなと思ったけど、前に大阪の、先輩の家で雪が降った時と同じような感じがしてひょっとしたらと。大帽山なら平地より寒いからいちばん可能性が高い」

「最初から言えよ」

「まさかと思ってたので……がっかりさせたら悪いし、空振りだったら、山から景色を見て帰るつもりでした」

頂上近くに、ちいさなプレハブの建物が見えた。道の先には踏切みたいなバーが横切っていて、運転手が「ここから先は車のチェックを受けなきゃ」と言うので、降りて写真を撮ることにした。いつやんでしまうか分からない。

八合目あたりだろうか、外に出ると下界より格段に寒い。

「歩いて登りますか?」

と一束は言うが、お互い薄手のコートとジャケットという軽装だし、うっすら白くなった山頂や、そこに建つ気象レーダーがよく見えるポイントだったので「ここでいいよ」とカメラを取り出す。

心細いばかりの粉雪だったのでちゃんと写るか心配だったが、圭輔の不安を見透かしたように風を伴って強く舞ってくれたりもし、それはそれで手がかじかんで大変ではあったけれど、光まばゆい市街地もフレームに入った香港らしいショットがいくつか撮れた。ついでに、下山してきた登山客に広東語で取材を試みると、皆「こんなの初めて」と喜んでいた。

そういえば一束は、とあたりを見回すと、メモを取りながらどこかに電話をしている。緊急で仕事の連絡だろうかと思えば、電話を切って「天文台に話を聞いてました」と言う。

「香港でいちばん最近降雪が確認されたのは一九七五年だそうです」

「あ、でも四十年ぐらい前か」

「はい、十九世紀の末はもっと寒かったみたいで、新界の高地では氷点下まで下がって降雪もたまにあったと。一九六七年から一九七五年までの間に記録では四回、ただそれ以降は、霜は降りても雪は降りませんでした」

「そっか、これが二十一世紀で初めて香港に降る雪なんだ……すごいな」

日本でなら珍しくもないちっぽけな粉雪が、飛行機で五時間離れただけの土地で特別な景色になる。自分の仕事は、それを伝えること。新しいものを見る、新しくないものに新しい意味が加わる。そうして圭輔の新界《ニューテリトリー》がどんどん広がっていく。

俺、この仕事好きだ。何だか久しぶりにそう実感した。

「ていうか一束、電話取材だったらタクシーの中ですればよかったのに」

「先輩が外で仕事してるのに、ひとりだけぬくぬくしてられませんから」

「いいのに……」

まあ、タクシーにも暖房はついていないからぬくぬくといっても知れている。

「先輩ってやっぱり、記者の才能があるんじゃないですか?」

「え、何で」

「だって普通、こんなタイミングで香港の雪になんて立ち会えないですよ。そういう運も、記者の才能のうちでしょう?」

「いや、一束がいてくれたからじゃん。でなきゃさっさとタクシーで家帰ってたし」

「俺は、先輩といたから雪が降ってくれたような気がしてるんです」

「んなアホな」

「あ」

「なに?」

「今の、関西弁」

「え、そう?」

「そうです」

一束は笑った。圭輔の感覚ではイントネーションが違うのだが、一束がそうだと言うならそれでいい。寒さのせいかすこし青白い笑顔の前を、途切れがちにゆっくり落ちてくる雪。黒いジャケットの肩に音もなく着地し、一束の中に吸い込まれていくように消えた。

「車戻ろうか、写真もいっぱい撮ったし」

「ドライバーも喜んで写真撮りに行っちゃましたよ」

「えー……そういえば、香港の人って意外に冬好きだよな。過ごしにくいだろうに、皆はしゃぐっていうか」

この時期、煲仔飯《ボージャイファン》（釜めし）の店の前には行列ができ、人々は誘い合って火鍋を食べる。これでもかとクリスマスのデコレーションを施されたショッピングモールはどこも大規模なセール中で、香港の冬には必要ない毛皮のコートまで売れていく。

「たまのことだから、寒さもイベント気分なんでしょうね。一年のほとんどが暑いから貴重に思えるんですよ。俺も、日本の冬は滅入るけどこっちはそうでもないです」

「そういうもんかな」

「だから俺、そんなふうにやってけたらいいなって思ってるんです」

「え？」

「寒いのもつめたいのも楽しむみたいに、離れてる間も過ごせたらって」

そこで初めて、自分とのことを言われているのだと気づいた。

「気楽すぎるって思いますか？」

「いや……」

「俺はむしろ、先輩が気にしてるんだっていうのがちょっと意外で……嬉しかったけど」

「そりゃ気にするよ」

「現実になったら、きっと寂しいとかつらいとかたくさんあるでしょうけど、俺は先輩が記者じゃなかったら、なんて一度も思ったことないです」

「うん」

圭輔も、一束が男じゃなかったら連れていけるのに、なんて考えない。

「俺、言ってませんでしたっけ」

「何を？」

一束は圭輔に近づくと、顎《あご》の下に額《ひたい》を押しつける。その髪の毛にも雪が溶けてにじむ。

「あなたが世界のどこへ行こうと、ここで待ってますから――……ずっと」

「ありがとう」

圭輔は答えた。

「俺も、世界のどこへ行こうと、必ず元気で一束のところに帰ってくるから」

香港か日本かじゃなく、一束がいるところへ。

「はい」

一束の頭を撫《な》で、空を見上げる。いちめん、煙草の灰を敷き詰めたような雲。そこから弱々しく降りくる雪。風に巻き上げられ、羽虫のように宙を漂い、それでも最後に溶ける場所は必ずあって。たどたどしくても、頼りなくても。

クラクションの音が聞こえた。運転手が戻ってきたらしい。

「……行こうか」

身体を離し、圭輔は言う。

「はい」

一度だけ手を握り合ってから、歩き出す。ふたりの場所へ。ひとりとひとりになっても、ふたりの場所だろう。


自宅のパソコンで短い記事を書き上げる頃には、雪がもうすっかり消えてしまったとテレビのニュースが伝えていた。新界のごく局地的な降雪で、香港島では観測されなかったらしいから本当にラッキーだ。

「よし……送り終わった」

「載るといいですね」

「どうかなー、ほかにネタがなけりゃ……でも賞味期限はせいぜいあすの夕刊までだろうな」

自分の仕事も雪のようかも知れなかった。心血注いで書いた記事、身体を張って撮った写真、それらは空気に触れて数時間経てば色褪《いろあ》せた既報、古新聞の中のがらくたに変わる。次の日には忘れられ、後世まで残るような特ダネなんかほんのひと握りにすぎない。

でも、空しいとは思わない。天職とか言えるほどの才もないが、ずっとあくせくしているのが自分には似合っていると思う。この世でひとりだけは「才能がある」と褒めてくれるわけだし。

「お待たせ」

その、たったひとりに合図すると、一服して待っていた一束が煙草を消した。

服を脱いでベッドに横たわると、さらさら白いシーツは氷をなめしたように冷え切っている。ふたり仲良く鳥肌を立てたが、ぷつぷつ粒の浮いた肌を寄せ合い、手繰《たぐ》り合ううちに寒さはすぐ消え、分け合う温もりは貪《むさぼ》り合う熱になった。感情そのままにうねって乱れるリネン。

「あ……っ！」

指でたっぷり慣らしたところに分け入ると、外が寒かったせいなのか発熱は表皮よりさらにあられもなく、包まれる圭輔もくらくらのぼせてしまう。身体も心も。

大きく開かせた両脚の間に繰り返し腰を打ちつけると、熱を帯びた内壁が呼吸を合わせて圭輔を締めつける。

「や、や……っ、先輩――」

あとどれくらい、こうしていられるだろう。こんなふうに抱けるだろう。そんなことは考えないでというふうに、一束は身体の内外で圭輔を抱きしめる。つながった奥から誘い、絡みつき、絞り上げて。

「一束……っ」

「あ、ああっ……！」

目を閉じ、いった瞬間は頭が真っ白だった。それから貧血みたいに脳裏が真っ暗になり、そこにもちらちらと灰のような雪のようなものが降っていた。ゆっくりと、ひそやかに。


翌朝、支局でメールチェックすると短い人事通達が届いていた。一月一日付異動の中に弓削圭輔の名前はない。すくなくとも次の春まではここにいられる、とやはり胸を撫で下ろしてしまう自分に苦笑し、きのうのインタビューの録音を聞こうとレコーダーを取り出した。適当に巻き戻して再生ボタンを押す。スマホアプリとの連動ってどのへんで訊いたっけ？

『あ……っ！』

「え？」

「はっ!?」

イヤホンを挿《さ》していなかったので、スピーカーからそれなりのボリュームで聞こえた音声に圭輔はもちろん面食らったが、一束はもっと驚いてものすごい勢いで椅子《いす》から立ち上がる。

『や、や……っ、先輩――』

「わあ！」

珍しくも叫んだ。うん、叫ぶわな、自分のしてる時の声なんか聞こえた日には。美蘭がまだ来ていなくてよかった。

「停めてください！」

「あ、はいはい」

一束の顔が爆発しそうに赤くなっているのでおとなしく停止ボタンを押し「きのう、ちゃんと停めなかったのか？」と尋ねた。

「停めました、でもその後、大帽山で電話取材した時に一応録音しておこうと思って……」

以降、録りっぱなしになっていたわけだ。出勤する前「先輩のかばんに入れときますね」と言われ、圭輔も保険としてスマホで録音していたからその場ではいちいち確認しなかった。

「それこっちにください、削除します」

手を突き出され、圭輔は思わず「やだもったいない」と口走った。こっちだってそりゃ恥ずかしいが、ラッキーありがとうございますという気持ちのほうが大きい。

「もったいなくない‼」

「あ、いや、ほら、必要なデータも入ってるし」

「ちゃんと残しますよ」

「自分で消すから」

「信用できません」

「えー、だって……」

できれば末長く聴き倒したい、というか使いたい。

「記念に永久保存版ってことで……」

「何言ってんですか」

「これさえあれば遠距離になっても大丈夫な気がしてきた」

「消してくれないんだったら今すぐ別れます」

「きのうの発言と全然違うんだけど！」

「おはよう、朝から仲がいいのね。何を騒いでるの？　新聞届いてたわよ」

美欄が持ってきたのは、明光新聞本日付の朝刊。香港にも印刷拠点があるので時差なく届く。その一面には、香港の夜を束の間彩《いろど》った雪の写真が掲載されていた。

キャロル（あとがきにかえて）

秋の終わりから春先にかけ、だいたいいつも決まった時間に病院の回りをうろつく石焼き芋の軽トラがある。外の味に飢えた入院患者が小銭を握りしめて病棟を抜け出してくるのを待ち構える、それは別にいい。ただこの時期になるとスピーカーからクリスマスソングなんか垂れ流すのが気に食わなかった。うるせえよ。

「あ、聞こえてきた」

良時が病室の窓を開けて顔を出すので「寒い」と怒った。

「ごめん」

律儀にカーテンまで閉め、振り返って「あの歌はひどいと思う」と唐突につぶやく。

「あの歌？」

「今流れてるやつ」

うんざりするほどおなじみ、トナカイのくだらないコンプレックスの歌。

「何が？」

「赤い鼻がいやだって言ってるのに、暗いところで便利だって答えるサンタクロースはひどい。全然優しくない」

「……はあ」

考えたこともなかった。

「トナカイがサンタを好きなほどには、サンタはトナカイを大事じゃないんだ」

「じゃあ、何て言ってやりゃ満足なんだよ」

「赤い鼻を皆が笑っても自分は好きだって、それでいいじゃないか」

良時は、バカな連中の中ではまだましなほうだと思うが、時々とびきりバカなことを真面目にほざくのだった。そもそもいねえだろ、と言いかけ、いやな予感に囚われる。この一家が溺愛している妹について。

「おい、まさかあいつ信じてるんじゃないだろうな、口裏合わせるとかしねえぞ」

しかし良時は静かにかぶりを振った。

「十和子は知ってるよ。そんなのいないって分かってる。だって教えてあげないと、『十和子を丈夫にして』ってお願いしちゃうから」

よい子の望みを叶えてくれるはずのサンタクロースに。

「外で遊べるようにしてとか、お母さんが泣かないでいいようにしてとか……。クリスマスはお父さんが好きなものを買ってくれる日、そっちのほうがよっぽど楽しい」

そうか、自分よりも良時のほうが、あのおめでたいおとぎ話を嫌いなのだ。だから他愛もない歌にさえ反応してしまう。

どんなに身体が弱い妹でも、何の役に立たなくても、好きだから。

本当に、バカなやつ。


外はずいぶん寒かったらしい。部屋に入ってきた良時の鼻の頭が赤くなっていた。

「お前の嫌いなシーズン到来だな」

「何で」

怪訝な顔でマフラーをほどく。

「寒さに弱いのはお前だろう」

「そういうことじゃねえんだよな」

少年の日のいじらしい潔癖など忘却の彼方か、しかしこっちは忘れてやらない。

抱き寄せると、赤らんだ鼻がひんやりと首すじにあたる。冬を感じる。夜道のライト代わりにはならないが、自分の一生を照らしてくれるもののことを、忘れない。

——好きだって、それでいいじゃないか。

ああ、愛してるよ。

＊＊＊＊　　＊＊＊＊　　＊＊＊＊

ありがとうございました。ペーパー・バック2でもお会いできますように！　一穂ミチ

✦初出 a scenery like you……………同人誌発表作（2011年8月）
HAVING YOU……………………同人誌発表作（2011年12月）
ワンダーフォーゲル………………同人誌発表作（2012年4月）
you belong to me………………同人誌発表作（2012年8月）
その他掌編………………………個人サイト発表作およびルチル文庫周年記念小冊子・SSカード寄稿
上記を加筆修正
あたらしい陣地……………………書き下ろし

一穂ミチ先生、青石ももこ先生へのお便り、本作品に関するご意見、ご感想などは
〒151-0051 東京都渋谷区千駄ヶ谷 4-9-7
幻冬舎コミックス ルチル文庫「ペーパー・バック 1」係まで。

幻冬舎ルチル文庫

ペーパー・バック 1

2015年12月20日 第1刷発行

✦著者 一穂ミチ いちほ みち

✦発行人 石原正康

✦発行元 株式会社 幻冬舎コミックス
〒151-0051 東京都渋谷区千駄ヶ谷 4-9-7
電話 03(5411)6431［編集］

✦発売元 株式会社 幻冬舎
〒151-0051 東京都渋谷区千駄ヶ谷 4-9-7
電話 03(5411)6222［営業］
振替 00120-8-767643

✦印刷・製本所 中央精版印刷株式会社

✦検印廃止

ISBN978-4-344-83604-4 C0193 Printed in Japan